折鶴舞う

八丁堀剣客同心

鳥羽亮

時代小説文庫

角川春樹事務所

目次

本書は、ハルキ文庫のための書き下ろし作品です。

折鶴舞う

八丁堀剣客同心

第一章　折鶴

1

清夜《せいや》だった。頭上で、十六夜《いざよい》の月が皓々《こうこう》とかがやいている。

そこは、浅草諏訪《すわ》町の大川端《おおかわばた》だった。大川の川面《かわも》が、月光を映じて淡い青磁色にひかっている。川面は無数の波を刻みながら、両国橋の彼方までつづき、深い闇のなかに呑《の》まれていく。

五ツ（午後八時）過ぎだった。大川端を、ふたりの男が歩いていた。ひとりは恰幅《かっぷく》のいい商家の旦那ふうの男で、もうひとりは提灯《ちょうちん》を手にした若い男である。ふたりの足元から、汀《みぎわ》に寄せる波音が絶え間なく聞こえていた。

「いい月夜だ。……利《り》三郎《さぶろう》、これなら、提灯はなくとも歩けるな」

旦那ふうの男が言った。

「旦那さま、すこし急ぎますか。……だいぶ、遅くなりました」

利三郎が言った。

旦那と呼ばれた男は、浅草茅町《かや》にある蔵宿《くらやど》、大松屋《だいまつや》のあるじの芝右衛門《しばえもん》である。利三郎は手代《てだい》だった。

蔵宿は札差《ふださし》とも呼ばれ、御家人や旗本の代理として蔵米を受け取り、米問屋に売却して手数料を得ていた。そればかりでなく、蔵米を担保に御家人や旗本に金を貸し付け、利息もとっていた。いわば、金融業でもあったのだ。

「すこし、飲み過ぎましたかな」

そう言って、芝右衛門が足を速めた。

芝右衛門は、得意先の米問屋との商談のために浅草駒形町《こまがた》にある料理屋、巴屋《ともえや》で飲んだ帰りだった。

駒形町から奥州街道を浅草御門の方に歩けば、大川端を通らずに大松屋のある茅町に帰れるが、清々《すがすが》しい月夜に誘われ、大川端の道をとったのである。

前方の御厩《おんまや》河岸の渡し場の先に、浅草御蔵《おくら》の土蔵が見えてきた。夜陰のなかに、何棟もの土蔵が黒く折り重なるようにつづいている。

川岸近くには、首尾の松の樹影もかすかに見えた。日中は、猪牙舟《ちょきぶね》、屋形船、荷を積んだ茶船などが、頻繁に行き交っているのだが、いまは船影もなく、滔々《とうとう》とした流れが夜陰のなかにつづいている。

「旦那さま、柳の陰にだれかいます」

利三郎が、振り返って芝右衛門を見た。

その拍子に、利三郎の手にした提灯が揺れた。その明かりの先、大川の岸際に植えられた柳の樹陰に人影があった。

「ま、まさか、辻斬《つじぎ》りでは……」

芝右衛門の声が震えた。

「ちがうようですよ。……女のように見えます」

そう言って、利三郎が提灯を前に差し出したが、明かりは人影のある樹陰までとどかなかった。

ただ、人影の首筋のあたりが、月光を映じて青白く浮き上がったように見えた。白粉《おしろい》を塗った首らしい。それに、脇に茣蓙《ござ》のような物を抱えているのが分かった。

「夜鷹《よたか》ですよ」

利三郎が小声で言った。

「……夜鷹だな」

芝右衛門が、ほっとしたように言った。

ふたりは、足をとめなかった。夜鷹なら恐れることはなかった。相手にせずに、通り過ぎればいいのである。

人影が、樹陰から通りに出てきた。黒っぽい小袖《こそで》に、桟留《さんとめ》の帯、下駄履きで莫蓙を抱えている。

月光のなかに、女の顔がぼんやりと浮かび上がった。色白の年増《としま》である。女は芝右衛門たちに近付いて足をとめた。表情のない能面のような顔をしている。

「旦那さん、遊んでいってくださいな」

女が、鼻にかかった声で言った。

利三郎が提灯をかざし、

「急いでいるんだ。そこをあけてくれ」

と、声を大きくして言った。

「そんなこと言わないで……。ふたりに、極楽を見せてやるからさ」

女は目を細めて、さらに芝右衛門に近付いた。

「利三郎、行きましょう」

そう言って、芝右衛門が女の脇を通り過ぎようとした。

そのとき、芝右衛門の顔の前を、白い物がヒラヒラと揺れながら斜《しゃ》に横切った。

芝右衛門は、驚いたように目を剝《む》いて白い物に目をやった。芝右衛門の足の脇に落ちた白い物は、折鶴だった。

……折鶴！

芝右衛門が、胸の内で声を上げたときだった。

スッと、女が芝右衛門に身を寄せて、右手を横にはらった。キラッ、と女の手元が青白くひかった瞬間、芝右衛門の顎《あご》が上がり、身がのけ反った。女が、鋭い刃物で芝右衛門の首筋を掻《か》き斬ったのである。

首筋から血が、驟雨《しゅうう》のように激しく飛び散った。芝右衛門は、血を撒《ま》きながらよろめいた。喉から、かすかに喘鳴《ぜんめい》のようなかすれ声が洩《も》れただけで、悲鳴も呻《うめ》き声も上げなかった。

芝右衛門は、地面に突き出ていた石に爪先をひっかけて前につんのめった。俯《うつぶ》せに倒れた芝右衛門は四肢を痙攣《けいれん》させていたが、すぐに動かなくなった。血が首筋から流れ落ち、血溜《ちだ》まりがひろがっていく。

利三郎が手にした提灯を投げ捨て、

ヒイイッ！

と、喉を裂くような悲鳴を上げて逃げだした。

そのとき、別の樹陰から黒い人影があらわれ、利三郎に迫っていく。疾走する狼《おおかみ》のようである。

路傍に落ちた提灯が、ボッ、と燃え上がった。炎が、疾走する人影を闇のなかに浮かび上がらせた。

黒装束の男だった。黒の腰切半纏《こしきりばんてん》に黒股引《くろももひき》、黒布で頬《ほ》っかむりしている。男は匕首《あいくち》を手にしていた。匕首が月光を反射《はね》て、青白くひかっている。野獣の牙のようである。すぐに、男は利三郎の背後に迫り、手にした匕首を伸ばして、利三郎の首筋を掻き斬った。

首筋から血が奔騰《ほんとう》した。男の手にした匕首が、利三郎の喉仏の下を横に斬り裂いたのである。

利三郎は上空に顔をむけ、血を撒き散らしながらよろめいた。そして、足がとまると、腰からくずれるように転倒した。

提灯の炎がちいさくなり、夜陰が黒い紗幕《しゃまく》でつつむように、横たわっている利三郎をおおっていく。

男は血に染まった匕首を手にしたまま、倒れている利三郎の脇に立っていた。頬っかむりした黒布の間から、細い目が薄くひかっている。蛇《くちなわ》を思わせるような目である。

女は立っている男に近付くと、

「財布を抜いておくかい」

と言って、芝右衛門の懐から財布を抜き取った。

男は黙ったまま女を見つめている。

「……行くよ」

女が小声で言って、足早にその場から離れた。

男はすぐに動かなかった。四肢を動かしている利三郎に目をやっている。絶命するのを待っているようだ。

いっときすると、利三郎が動かなくなった。提灯の炎が消え、利三郎の体を夜陰がつつんだ。血溜まりが、地面に黒くひろがっていく。

男は反転し、女の後を追って疾走した。

2

クション！

障子のむこうで、菊太郎《きくたろう》がくしゃみをした。

長月隼人《ながつきはやと》は、縁先で髪結いの登太《とうた》に髷《まげ》をあたらせていたが、思わず一尺ほどあいていた障子の間から座敷に目をやった。

「おい、風邪でもひいたのではないか」

隼人が、おたえに訊《き》いた。

「大丈夫ですよ。……熱はないし、元気ですから」

おたえが、菊太郎をあやしながら言った。

隼人は、南町奉行所の隠密廻《おんみつまわ》り同心だった。奉行所に出仕する前、登太に髷をあたらせるのが毎日の日課である。

菊太郎は、長月家の嫡男《ちゃくなん》だった。まだ三つ（数え歳《どし》）、おたえを娶《めと》ってから三年ほどしてやっと生まれた子である。

「菊太郎が、笑った。笑った」

障子の向こうで、母親のおつたの声がした。おつたの顔は障子が邪魔になって見えなかったが、おつたも笑っているにちがいない。

おつたも、隼人がおたえといっしょになってから、ことあるごとに孫の顔を見たいと言っていた。そこへ、男の子が生まれたのだから、おつたの喜びもひとしおである。

キャッ、キャッ、という菊太郎の笑い声が聞こえ、「あら、歯が見えた」「ほんと、米粒みたい」と、女ふたりの声が聞こえた。

嫁と姑《しゅうとめ》が、いっしょになって菊太郎をあやしているらしい。

「旦那、可愛いお子ですね」

登太が、櫛《くし》を使いながら言った。

登太は連日のように菊太郎の顔を見ていたし、女ふたりのやり取りも聞いていた。

「……子供は可愛いな」

隼人も、可愛くてしかたがなかった。

隼人は三十八歳だった。父親の藤之助《とうのすけ》は二十年ほど前に亡くなり、菊太郎が生まれるまで、長月家の男は隼人ひとりだった。そうしたこともあって、男の誕生はことのほか嬉《うれ》しかったのである。

「旦那、終わりましたよ」

登太が、隼人の肩にかけてあった手ぬぐいをはずした。

「終わったか」

隼人が立ち上がり、腰を伸ばした。

そのとき、戸口の方で、

「長月さま、おられますか」

と、男の声がした。

声の主は、天野《あまの》玄次郎《げんじろう》の弟の金之丞《きんのじょう》だった。金之丞の声には、ひどく慌てているようなひびきがあった。

……何かあったらしい。

と、隼人は思った。

天野は、隼人と同じ南町奉行所の定廻《じょうまわ》り同心だった。これまで、隼人は天野と組んで、多くの事件の探索にあたってきた。

その天野の弟が、出仕前の隼人を訪ねてきたのである。

「旦那さま、天野さまの弟さんですよ」

おたえにも、金之丞の声と分かったらしい。

隼人は障子をあけた。座敷のなかほどで、おたえが菊太郎を抱き、おつたが菊太郎の顔を覗《のぞ》き込んでいる。

そのとき、クション、と菊太郎が、またくしゃみをした。隼人が障子をあけ、秋の涼気をふくんだ風が、座敷に流れ込んだせいかもしれない。

隼人は慌てて障子をしめ、

「菊太郎を、風に当てるな」

と言い置いて、戸口にむかった。

おたえは、義母上《ははうえ》、菊太郎をお願いします、と言って、抱いていた菊太郎をおつたにあずけ、隼人の後についてきた。このまま、隼人が出仕するようなことになれば、同心の妻として、見送らねばならないと思ったようだ。

戸口に金之丞が立っていた。金之丞は、二十歳過ぎだった。少年のころから剣術道場に通っているせいか、肩幅のひろいがっちりした体付きをしている。

「金之丞、どうした」

すぐに、隼人が訊いた。

「兄が、すぐに来てほしいそうです。……場所は、諏訪町の大川端です」

金之丞が、昂《たかぶ》った声で言った。

「何があったのだ」

「ひとが、ふたり殺されているそうです」

「ふたりな……」

隼人が気乗りのしない声で言った。

人殺しといっても、隼人が現場に乗り込む必要はないのである。

市井《しせい》で起こる事件の多くは、町奉行所の「捕物並びに調べもの」と呼ばれる定廻り、臨時廻《りんじまわ》り、隠密廻りの三廻りの同心があたっていた。ただ、隠密廻りだけは町奉行の直属で、奉行の命で動くのである。したがって、隠密廻りは事件が起こったからといって、すぐに臨場して探索にあたるようなことはない。

「兄は、また、折鶴が落ちていたらしい、と言ってましたが」

金之丞が言った。

「なに、折鶴だと！」

思わず、隼人は声を上げた。

隼人の脳裏に、一月ほど前の光景がよぎった。牢人《ろうにん》と遊び人ふうの男が殺された現場に、血に染まった折鶴が落ちていたのだ。

事件現場は、八丁堀《はっちょうぼり》に近い南八丁堀の中ノ橋の近くだった。隼人の住む組屋敷から近いこともあり、天野から話を聞いて現場に行ってみたのだ。

そのとき、牢人と遊び人ふうの男は、刃物で首を斬られて死んでいた。ふたりの死体のすぐ近くに血に染まった折鶴が落ちていた。凄惨《せいさん》な殺人現場にあった折鶴に、隼人は奇異な感じがして強く印象に残ったのである。

「それで、天野は？」

隼人が訊いた。

「先に行っています」

どうやら、天野は金之丞に隼人への連絡を頼んで、現場にむかったらしい。

「行ってみよう」

隼人は、座敷にとって返した。小袖を着流し、無腰のままで事件現場に行くことはできなかった。

「だ、旦那さま、お腰の物を」

おたえが、刀掛けから刀を取って差し出した。隼人の愛刀の兼定《かねさだ》である。

通常、町奉行所の事件の探索にあたる同心は、刃引《はび》きの長脇差《ながわきざし》を腰に帯びていた。下手人を殺さず、生け捕りにすることが求められていたからである。

ただ、隼人は切れ味の鋭い兼定を腰に差して出かけることが多かった。真剣勝負のおりに、刃引きでは後れをとることがあったし、生け捕りにするときは、峰《みね》打《う》ちにすればいいのである。

兼定は刀鍛冶《かたなかじ》で、関物《せきもの》と呼ばれる大業物《おおわざもの》を鍛えたことで知られる名匠である。隼人の兼定は刀身が二尺三寸七分、身幅がひろく、切れ味の鋭い剛刀だった。

「おたえ、行ってくるぞ」

隼人が、厳しい顔をして言った。

「旦那さま、お気をつけて」

おたえは上がり框《がまち》近くに膝を折って、隼人を見送った。

3

隼人は小者《こもの》の庄助《しょうすけ》を連れて、八丁堀の組屋敷を出た。庄助は隼人が出仕のおりに供をさせる男で、挟み箱を担がせることが多かったが、今日は挟み箱を持たせなかった。事件現場に行くのに、挟み箱は必要なかったのである。

隼人は組屋敷を出たところで、金之丞と別れた。金之丞はお供すると言ったが、遠慮してもらった。事件現場に金之丞を連れていったら、天野が困るだろうと思ったのである。

隼人たちは、八丁堀から日本橋川にかかる江戸橋を渡って奥州街道に出た。街道を浅草御門の方にむかい、御門を経て浅草御蔵の前に出た。諏訪町は、すぐである。

「この辺りで、大川端に出るか」

隼人は庄助に声をかけ、右手の路地に入った。

しばらく路地をたどると、大川に突き当たった。川面に初秋の陽射しが反射《はね》て、キラキラと輝いていた。その眩《まばゆ》いひかりのなかを、客を乗せた猪牙舟、屋形船などがゆったりと行き交っている。

隼人たちは、大川沿いの道を川上にむかって歩いた。前方に、大川にかかる吾妻橋《あづまばし》が見えてきた。橋を渡る人々が、胡麻粒《ごまつぶ》のようにちいさく見える。

「旦那、あそこですぜ」

庄助が前方を指差した。

大川の岸際に、人だかりができていた。近所の住人や通りすがりの者が多いようだが、八丁堀同心や岡っ引《おかひ》きらしい男の姿も見えた。八丁堀同心は小袖を着流し、羽織《はおり》の裾《すそ》を帯に挟む巻羽織《まきばおり》と呼ばれる独特の恰好《かっこう》をしているので、遠目にもそれと知れる。

天野の姿もあった。そばに、天野が連れて歩く小者の与之助《よのすけ》もいた。

隼人たちが人垣の後ろにつくと、天野が気付いて、

「長月さん、ここへ」

と、声をかけた。すると、人垣が左右に割れて道をあけた。集まっていた野次馬たちが、隼人に気付いたらしい。

「死骸《ほとけ》を見てください」

天野が足元を指差して言った。

岸際に男がひとり、俯せに倒れていた。顔のまわりの地面が、どす黒い血に染まっている。首から激しく出血したらしい。

男は唐桟《とうざん》の羽織に細縞の小袖姿だった。商家の旦那ふうの身装《みなり》である。

「首を斬られています」

天野が言った。

天野は、隼人に対して丁寧な言葉遣いをした。隼人は天野より年上であり、これまで町奉行所の同心として多くの難事件を解決してきた。しかも、隼人は剣の達者で、天野を助けたことが何度もあった。そうしたことがあったので、天野は、隼人に対して親しみと敬意を持っていたのである。

隼人は死体の脇にかがんで、首筋を覗いてみた。鋭い刃物で、横に搔き斬られたような傷がある。

「これは！」

思わず、隼人が声を上げた。

一月ほど前、南八丁堀の中ノ橋近くで見た牢人の傷とそっくりである。この男も、牢人を斬った下手人の手にかかったのであろうか——。

「天野、折鶴があったそうだな」

隼人が声をあらためて訊いた。

「そこです」

天野が死体の脇を指差した。

地面に折鶴が落ちていた。千代紙《ちよがみ》でなく、白い紙を折った物だった。その白鶴が、どす黒い血に染まっている。

「うむ……」

隼人は、折鶴を睨《にら》むように見すえた。

南八丁堀の現場で見た折鶴とよく似ていた。

首の傷と現場に残された折鶴――。

これだけそろえば、同じ下手人とみていいのではあるまいか。

……それにしても、この折鶴は何を意味しているのだ。

隼人は、折鶴が殺しの武器に使われたとは思えなかった。ただ、何か意味があるはずである。

隼人はいっとき黙考していたが、折鶴が何を意味しているか分からなかった。

「死骸《ほとけ》は、何者なのだ？」

隼人が、天野に訊いた。

「名は、芝右衛門。大松屋という蔵宿のあるじのようです」

天野によると、野次馬のなかに芝右衛門のことを知っている男がいて、名を訊いたそうだ。すでに、その男が大松屋に走っているので、間もなく店の者たちが駆け付けるはずだという。

「何か盗《と》られているのか」

隼人が訊いた。

「芝右衛門の財布がありません」

「……辻斬りかな」

ただ、財布が奪われているだけで、辻斬りの仕業《しわざ》と決め付けることはできない、と隼人は思った。

隼人は、いっとき死体に目をやっていたが、

「ところで、もうひとり殺されていたそうだな」

と、腰を上げて訊いた。

「あそこです」

天野が川上の方を指差した。

十四、五間《けん》離れた川岸にも、ひとだかりができていた。殺されたもうひとりは、そこに倒れているらしい。

隼人はひとだかりに足をむけた。庄助は黙って、隼人についてきた。

若い男が、路上に仰向《あおむ》けに倒れていた。こちらも喉を横に掻き斬られている。凄絶《せいぜつ》な死顔だった。

両眼をカッと瞠《みひら》き、口をあんぐりあけたまま死んでいた。首筋から飛び散った血が、顎から頬のあたりまでどす黒く染めている。

……下手人はちがうようだ。

と、隼人は思った。

芝右衛門の首筋の傷は細く短かったが、この男の傷は深くて長い。芝右衛門とここで死んでいる男は、別の武器で殺されたのではあるまいか。ふたりが別の武器で殺されたとすれば、下手人はふたりいることになる。

また、南八丁堀で殺されていた牢人と遊び人ふうの男も、ふたり組に斬られたとみられていたので、ここも同じふたり組の犯行とみていいのかもしれない。

「この男は？」

隼人は、近くにいた岡っ引きらしい男に訊いた。

「大松屋の手代の利三郎でさァ」

岡っ引きらしい男が答えた。

「利三郎は、あるじの供をしてきたのかもしれんな」

「そのようで」

隼人と悶っ引きがそんなやり取りをしているところに、大松屋の奉公人たちが駆け付けた。番頭以下、手代、丁稚《でっち》、船頭など、十数人の男たちがいた。大八車《だいはちぐるま》を引いてきた者もいる。殺されたふたりを、店まで運ぶつもりなのかもしれない。

番頭が天野に呼ばれ、事情を訊かれた。番頭の名は富蔵《とみぞう》である。隼人は、この場は定廻り同心の天野にまかせ、脇に立って話を聞いていた。

天野と富蔵の話で分かったことは、殺された芝右衛門と利三郎は、昨夕、商談のために駒形町の料理屋、巴屋に出かけたという。その帰りに、ふたりは何者かに襲われたとみていいようだ。

天野は念のために、手先を巴屋に走らせた。しばらくすると手先はもどってきて、芝右衛門と利三郎は、巴屋で取引先の米問屋と会っていたことを知らせた。

それから、天野は番頭や他の奉公人から、ちかごろ芝右衛門と利三郎に変わったことはなかったか訊いたが、下手人につながるような話は出てこなかった。

天野の訊問《じんもん》がひととおり終わると、

「あるじと手代の亡骸《なきがら》を引き取ってもよろしいでしょうか」

富蔵が訊いた。

「いいだろう」

天野は承知した。すでに検屍《けんし》は終わっていたし、人通りの多い大川端の通りに、ふたりの死骸をこのまま置いておくわけにいかなかったのである。

4

隼人が浅草諏訪町の大川端で、大松屋の芝右衛門と利三郎の死体を検屍した七日後だった。

南町奉行所に出仕した後、隼人は同心詰所《つめしょ》でひとり茶を飲んでいた。定廻りや臨時廻りの同心たちは、市中巡視や事件の探索のために出かけていて詰所にはいなかった。

詰所の障子があいて、中山次左衛門《なかやまじざえもん》が姿を見せた。中山は南町奉行の筒井紀伊守政憲《つついきいのかみまさのり》の家士である。

中山は還暦を過ぎた老齢で、鬢《びん》や髷に白髪が目だったが、矍鑠《かくしゃく》として老いは感じさせなかった。身辺には、壮年を思わせる覇気《はき》がある。

中山は同心詰所に入ってくると、

「長月どの、お奉行がお呼びでござる」

と、慇懃《いんぎん》な物言いで伝えた。

「お奉行は、役宅におられるのか」

筒井は奉行所の裏手にある役宅で暮らしているが、今月は月番なので、登城しなければならないはずだ。

江戸の町奉行所は南北にあり、一か月交替で非番と月番があった。月番のときは、毎日四ツ（午前十時）までに登城し、奉行所に帰るのは八ツ（午後二時）を過ぎてからである。

「すでに、お奉行は登城のために御番所《ごばんしょ》（奉行所）を出ておられる。……八ツを過ぎればもどられるので、それまでに役宅に来ていただきたい」

中山が言った。

「心得ました」

八ツまでは、奉行所から出て探索にあたってもいいということらしい。

隼人は中山につづいて奉行所を出ると、南八丁堀に足をむけた。筒井から、大松屋の芝右衛門と利三郎が殺された件の探索を命じられるのではないかと思い、一月ほど前、牢人と遊び人ふうの男が殺された中ノ橋近くで、聞き込んでみるつもりだった。聞き込みといっても、それほど時間はないので、その後変わったことはないか、付近の店屋に立ち寄って話を聞いてみるだけである。

隼人は中ノ橋のたもと近くにあった下駄屋に立ち寄り、

「その後、殺されたふたりの名は聞いてないか」

と、店のあるじに訊いてみた。

隼人は、牢人と遊び人ふうの男が殺された後、現場に行っただけで、その後の探索にはまったくかかわっていなかったのだ。

南町奉行所では、柴崎佐八郎《しばさきさはちろう》という若い定廻り同心が探索にあたっていたが、天野もかかわっていなかったので、殺されたふたりの名も耳にしていなかった。

「半月ほど前、話を聞きに来た親分さんから耳にしましたよ」

あるじはそう前置きして、牢人の名が狭山仙九郎《さやませんくろう》で、遊び人が市造《いちぞう》という名だと口にした。親分さんとは、岡っ引きのことである。

「その狭山と市造を殺した下手人は、ふたり組らしいが、見た者はおるまいな」

隼人は、念のために訊いてみた。

「知りませんねえ」

あるじは首をひねった。

「下手人のことで、何か噂《うわさ》は耳にしてないか」

「ふたりが殺された晩に、中ノ橋を急ぎ足で渡っていくふたり連れを見た者がいるようですよ」

おやじは、そのことも聞き込みに来た親分から耳にしたという。

「だれが、見たのだ」

「夜鷹そばの親爺《おやじ》です。……親爺の話だと、遠くてよく見えなかったそうですが、ふたり連れだったようですよ」

「武士か、それとも町人か」

隼人は、遠くても武士か町人かは分かるのではないかと思った。

「ひとりは、女らしかったといってましたが……。あまりあてには、なりませんね。夜のことですから」

「ひとりは、女か」

そのとき、隼人の脳裏に、血染めの折鶴がよぎった。下手人のひとりは女かもしれない、と隼人は思った。折鶴が女を連想させたのである。

さらに、隼人は殺された狭山と市造のことを訊いてみたが、あるじはふたりの名しか知らなかった。

「手間をとらせたな」

隼人はあるじに礼を言って店から出た。

それから、隼人は八丁堀沿いの道を歩きながら、目についた店に立ち寄って話を聞いてみたが、新たなことは分からなかった。

隼人は奉行所にむかう途中、通り沿いのそば屋で腹ごしらえをしてから同心詰所にもどった。

奉行の役宅を訪ねると、中山が姿を見せた。すでに、奉行の筒井は下城して役宅にもどっているという。

中山は、すぐに隼人を中庭に面した座敷に連れていった。そこは、筒井が隼人と会うときに使われる座敷である。

隼人が座敷に座していっときすると、廊下をせわしそうに歩く足音がし、障子があいて筒井が入ってきた。

筒井は、小紋《こもん》の小袖に角帯《かくおび》姿だった。下城後に、裃《かみしも》を着替えたらしい。筒井は壮年だった。長く奉行を務めており、身辺に奉行らしい落ち着きと威厳があった。

筒井は座敷に膝を折り、隼人が時宜《じぎ》の挨拶《あいさつ》をしようとすると、挨拶はよい、と言って制し、

「坂東《ばんどう》から聞いたのだが、浅草諏訪町の大川端で、蔵宿のあるじと奉公人が殺された

「そうだな」

と、切り出した。

坂東繁太郎《しげたろう》は、筒井の内与力《うちよりき》だった。内与力は、奉行所の他の与力とちがって、奉行の家士のなかから任じられ、奉行の秘書のような任を果たす。筒井は、坂東から事件の情報を得ることが多いようだ。

「はい、近くを通りかかりましたので、見ておきました」

隼人は、八丁堀から出かけたとは言わなかった。奉行の指図のないうちに、探索に乗り出したと思われたくなかったからである。

「それなら、話は早い。……殺されたふたりは、喉を斬られていたそうだな」

「はい」

「聞くところによると、一月ほど前、南八丁堀でもふたりの男が何者かに、首を斬られて殺されたそうではないか」

筒井が隼人を見つめて訊いた。

「そのように、聞いております」

隼人は現場に行ったことは口にしなかった。

「長月、南八丁堀と諏訪町の殺しは、同じ下手人の仕業とみるか」

筒井が訊いた。

「下手人は、ふたりとみております。おそらく、南八丁堀と諏訪町の殺しは、同じ下手人の仕業でございましょう」

「下手人は武士なのか」

「それが、まだ分からないのです」

隼人は正直に言った。下手人は武士か町人か。遣《つか》った武器は何なのか。隼人は、まだ何も分かっていなかった。

「ところで、殺しの場に折鶴が置いてあったと聞いたが、まことか」

筒井が身を乗り出すようにして訊いた。

「それがしも、折鶴を見ております」

「折鶴を置くなどと、まるで子供騙《だま》しのようだが、われら町奉行の者を愚弄《ぐろう》しているようにもみえるな」

筒井は苦笑いを浮かべたが、口吻《こうふん》には腹立たしそうなひびきがあった。

「……」

隼人は黙っていた。

「いずれにしろ、下手人は腕のたつ者のようだな」

筒井が言った。

「殺し慣れた手練《てだれ》の者とみております」

四人とも首筋を斬られ、一撃で殺されていた。下手人がどのような武器を遣ったか分からないが、手練とみていいだろう。

「長月、探索にかかれ」

筒井が声をあらためて命じた。

「心得ました」

隼人は頭を下げた。

「手に余れば、斬ってもよいぞ」

筒井が、静かな声で言った。

筒井が隼人に探索を命ずるとき、手に余れば、斬ってもよい、と言い添えることが多かった。

町奉行所の同心は下手人を生け捕りにすることが求められていたが、下手人が刃物を手にして抵抗するときなど、手に余ったと称して斬殺することもあった。

筒井は、隼人が直心影流《じきしんかげりゅう》の達人であることや、遣い手の下手人が手向かってくると、隼人が取り押さえることが多いのを知っていた。それで、刃物を持って抵抗する下手人は、斬ってもよい、と口にすることがあったのである。

「ご配慮、痛みいります」

隼人はあらためて低頭した。

5

隼人は筒井に会った翌日、八丁堀の組屋敷を出ると、神田紺屋《こんや》町に足をむけた。御家人ふうに身装《みなり》を変えていた。髷も、登太に頼んで八丁堀ふうの小銀杏《こいちょう》髷から御家人ふうに結いなおしてある。

紺屋町にある豆菊《まめぎく》という小料理屋に行くつもりだった。豆菊は、八吉《やきち》という男が女房とふたりでやっている店である。

八吉は、「鉤縄《かぎなわ》の八吉」と呼ばれた腕利きの岡っ引きだった男である。老齢を理由に岡っ引きをやめたが、長い間隼人の手先として探索にあたっていたのだ。

鉤縄は特殊な捕物道具で、細引《ほそびき》の先に熊手のような鉤が付けてあった。その鉤を投げて着物に引っ掛け、手繰《たぐ》り寄せて下手人を捕縛《ほばく》するのである。また、鉤を相手の顔や頭に投げ付けて斃《たお》すこともでき、武器として遣うこともできた。

隼人が御家人ふうに変装してきたのは、豆菊に八丁堀同心が出入りしていることを客や近所の者に気付かせないためである。

四ツ（午前十時）を過ぎていたが、豆菊の店先に暖簾《のれん》は出ていなかった。まだ、店はひらいていないらしい。

戸口の前に立つと、店のなかから話し声が聞こえた。男と女の声である。八吉が女房のおとよと話しているらしい。

戸を引くと、土間に八吉が立っていた。片襷《かただすき》をかけ、手に箸壺《はしつぼ》を持っている。おとよは襷を掛け、小上がりの板間を雑巾《ぞうきん》で拭《ふ》いていた。ふたりで、店をひらく準備をしていたらしい。

「旦那、いらっしゃい」

八吉が言った。

八吉は還暦を過ぎた老齢で、鬢や髷は白髪が目立った。小柄で猪首《いくび》。ギョロリとした目をしている。厳《いか》つい顔だが、目を細めて笑うと好々爺《こうこうや》といった感じになる。

「お茶でも淹《い》れましょうか」

おとよが、腰を上げて言った。

おとよは、四十過ぎだった。色白だが、樽《たる》のようにでっぷり太っている。八吉の話では、おとよも若いころはすんなりした美人だったとか。

「旦那、肴《さかな》はまだだが、酒ならありますよ」

八吉が言った。

「いや、茶をもらおう」

隼人は、いまから酒を飲んでいるわけにはいかないと思った。

おとよが、すぐに小上がりの脇から奥の板場にむかった。茶を淹れに行ったらしい。

隼人は兼定を鞘《さや》ごと抜くと、小上がりの上がり框に腰をかけ、

「利助《りすけ》と綾次《あやじ》は？」

と、訊いた。

利助は、隼人が手札を渡している岡っ引きだった。綾次は、利助の下っ引きである。

利助は八吉の養子だった。子のない八吉は、老齢を理由に岡っ引きをやめるとき、利助を養子にし、岡っ引きも継がせたのである。

「ふたりは、諏訪町に行きやした」

八吉が目を細めて言った。

「大松屋のあるじと手代が殺された件の調べか」

隼人が訊いた。

「そうでさァ。……いつものことだが、旦那から話があってから動いたんじゃァ遅え

なんって言いやしてね。綾次とふたりで、朝から出かけて行きやした。昼には、めしを食いにもどることになっていやす」

「そうか」

八吉の言うとおり、事件によっては、隼人からの指図を待ってから動いたのでは遅いときもある。

隠密廻りは、奉行の命があってから動くことが多く、事件によっては何か月も経《た》ってから探索にとりかかることもある。他の岡っ引きは、事件が起これば手札をもらっている同心の指図ですぐに探索にあたるが、利助はそれができない。かといって、隼人の指図を待っていたのでは、他の岡っ引きたちに後れをとることになるのだ。

「ところで、旦那も、諏訪町の件を探ることになったんですかい」

八吉が低い声で訊いた。

「そうだ。……利助に探索を頼むつもりで来たのだが、その前に、八吉に訊きたいこともあってな」

「なんです？」

八吉が、隼人にギョロリとした目をむけた。その顔に、腕利きの岡っ引きだったころの凄《すご》みがよぎった。

「南八丁堀で、牢人と遊び人ふうの男が殺《や》られたを知っているか」

「へい、噂だけは耳にしやした」

「その件と諏訪町の件は、同じ筋とみている」

隼人は、二件のことで分かっていることを話し、

「それにな、二件とも殺しの現場に折鶴が置いてあったのだ」

と、言い添えた。

「南八丁堀にも、折鶴があったんですかい」

八吉が、驚いたような顔をした。諏訪町の現場に、折鶴があったことは知っていたらしい。

「そうだ。……下手人のひとりは、女かもしれぬ。南八丁堀の件では、殺しのあった後、女の姿を見た者もいるのだ」

「女かい」

八吉がけわしい顔をして首をひねった。

「それに、諏訪町と南八丁堀で殺された四人は、いずれも首を斬られていた。武器《えもの》は何か分からないが、下手人は腕がたつとみていい。……八吉、何か心当たりはないか」

隼人が訊いた。

八吉は虚空《こくう》に目をむけ、記憶をたどるように考え込んでいたが、

「心当たりはねえ……」

と、小声で言った。

「そうか。……ところで、狭山仙九郎という牢人と市造という遊び人を知っているか。ふたりは、八丁堀で殺された男だ」

隼人は、狭山と市造の名を出して訊いてみた。

「……知りやせん」

「八吉も知らないのか」

「へい」

八吉は、申し訳なさそうな顔をして視線を落とした。

隼人と八吉が口をつぐんだとき、おとよが盆に湯飲みを載せてもどってきた。おとよは、小上がりに腰を下ろしているふたりの膝の脇に湯飲みを置くと、

「旦那、ゆっくりしてってくださいね」

と言い残し、すぐに板場にもどった。隼人と八吉が、捕物の話をしているとみて遠慮したらしい。

ふたりが茶を飲んでいると、戸口で足音がし、利助と綾次が入ってきた。

「旦那だ！」

綾次が、隼人の顔を見て声を上げた。綾次は、若かった。まだ、顔に少年らしさが残っている。

「来てたんですかい。明日にも、八丁堀に顔を出すつもりでいやした」

利助が言った。

利助は、二十代半ばだった。捕物がないときは、豆菊を手伝っている。

利助と綾次の顔は、赭黒《あかぐろ》く陽に灼《や》けていた。額に汗が浮いている。だいぶ歩きまわったらしい。

隼人は、利助と綾次が小上がりの上がり框に腰を下ろすのを待ってから、

「また、探索にあたることになった」

と、利助と綾次に目をやりながら言った。

「諏訪町の件ですかい」

利助が身を乗り出すようにして訊いた。

「そうだ。……ところで、ふたりは諏訪町に行っていたそうだな」

「へい、近所で聞き込んでみたんでさァ」

利助が目をひからせて言った。綾次も、顔をひきしめて隼人に目をむけている。

「それで、何か知れたか」

「てえしたことは分からねえが、近くの船宿の船頭が、大松屋のあるじと手代が殺される前、近くの柳の陰に立っていた夜鷹を見たらしいでさァ」

「夜鷹だと！」

隼人の脳裏に、南八丁堀で見かけたという女のことがよぎった。

「そいつが、下手人のひとりかもしれねえな」

隼人が伝法《でんぽう》な物言いをした。利助や八吉たちと話していると、乱暴な言葉遣いになるのだ。

「利助、綾次とふたりで、その夜鷹のことを聞き込んでくれ。他にも、夜鷹を見たやつがいるかもしれねえ」

隼人は、芝右衛門たちが殺された場所近くにいた夜鷹をつきとめれば、下手人の正体が知れるような気がした。

「承知しやした」

利助が目をひからせて言った。

6

隼人は利助たちといっしょに、おとよが作ってくれた茶漬けで腹ごしらえした後、

「また、来よう」

と、言い置いて腰を上げた。

「旦那、これからどちらへ」

八吉が訊いた。

「茅町の大松屋までな」

隼人は、大松屋で殺された芝右衛門と利三郎のことを訊いてみようと思った。下手人につながるようなことが聞き出せるかもしれない。

「旦那、あっしらもお供しやすぜ」

利助が言うと、すぐに綾次も立ち上がった。ふたりとも行く気になっている。

「いっしょに行くか」

「へい」

隼人は、利助と綾次を連れて豆菊を出た。

九ツ半（午後一時）ごろであろうか。まだ、陽は頭上にあり、初秋の強い陽射しが

照り付けていた。

隼人たちは、柳原通りに出てから神田川にかかる和泉《いずみ》橋を渡って外神田に出た。そして、神田川沿いの道を浅草御門の方にむかって歩いた。

浅草御門の前まで来ると、隼人たちは奥州街道を北に足をむけた。その辺りが、浅草茅町である。茅町は、奥州街道沿いに一丁目から二丁目まで細長くつづいている。

茅町に入ってしばらく歩くと、前方右手に浅草御蔵が見えてきた。街道の両側には、米問屋の大店《おおだな》や蔵宿などが並び、米俵を積んだ大八車や印半纏《しるしばんてん》姿の船頭などが目立つようになった。

「旦那、あれが大松屋ですぜ」

利助が前方を指差しながら言った。

街道沿いに、土蔵造りの大店があった。蔵宿らしい間口のひろい店で、裏手には白壁の土蔵もあった。印半纏姿の船頭らしい男たちが、大八車に積んだ米俵を店に運び込んでいる。店を出入りする旗本や旗本に仕える用人らしい武士の姿も見られた。蔵米のことで、来ているのであろう。

「利助、綾次とふたりで、近所で大松屋のことを聞き込んでみてくれ」

近所の聞き込みは大事だった。下手人につながるような思わぬ噂を耳にすることがある。

「へい」

利助は、綾次を連れて隼人から離れた。

隼人はひとり、大松屋の暖簾をくぐった。ひろい土間があり、店の手代らしい男が船頭たちに指図して土間の隅に米俵を運び込んでいた。大八車に積んできた米俵である。

土間の先が、板間になっていた。板間の左手が帳場らしく、年配の男が算盤《そろばん》を弾《はじ》いていた。

……番頭の富蔵だ。

隼人は、諏訪町の大川端で目にした男の顔を思い出した。殺された芝右衛門と利三郎の遺体を引き取りに来た番頭の富蔵である。

そのとき、土間にいた手代らしい男が近付いてきて、

「お武家さま、何かご用でございましょうか」

と、不審そうな目をむけて訊いた。隼人が羽織袴《はおりはかま》姿だったので、八丁堀同心とは思わなかったらしい。

「八丁堀の者だ。……あるじと手代が殺された件で訊きたいことがある」

隼人は手代らしい男に身を寄せて言った。

「……」

男の不審そうな表情は消えなかった。

「身装《みなり》を変えてひそかに探っている者だ」

隼人は懐に手を入れ、朱房の十手《じって》を取り出した見せた。こんなこともあろうかと、隼人は十手を忍ばせてきたのだ。

「は、八丁堀の旦那で……」

手代らしい男が声をつまらせて言った。

「そうだ。番頭の富蔵から話を聞きたい」

隼人は富蔵の名を出した。

「お、お待ちを」

手代らしい男は、慌てて板間に上がり、算盤を弾いている富蔵に身を寄せ、何やら伝えた。

富蔵は顔を上げて隼人に目をやり、慌てた様子で立ち上がった。大川端で見掛けた隼人の顔を思い出したのかもしれない。

富蔵は上がり框近くに膝を折ると、

「番頭の富蔵でございます。……旦那のお顔は、覚えております」

と、頭を下げながら言った。

富蔵の顔は、すこしやつれていた。あるじと手代が殺された後、葬式やら店の切り盛りやらで、大変な思いをしたことだろう。

「それなら早い。南町奉行所《みなみ》の長月だ。顔だけでなく、名も覚えてくれ」

「は、はい」

富蔵は恐縮したように肩をすぼめた。

「町方から、何度も訊かれたと思うが、おれも、殺されたふたりのことで訊きたいことがあるのだ」

「ともかく、お上がりになってくださいまし」

富蔵は隼人と板間に上げると、帳場の奥の小座敷に案内した。そこは、得意先との商談に使われる座敷らしかった。

隼人は富蔵と対座すると、

「とんだことだったな。……すこしは、落ち着いたか」

と、訊いた。店はひらいていたが、まだ、初七日が終わったばかりであろう。

「は、はい……。やっと、商いが始められるようになりました」

富蔵が、小声で言った。

「だが、まだ事件の始末がついたわけではない。あるじと手代を殺した者は、そのまだからな」

「……」

富蔵は悲痛な顔をして視線を膝先に落とした。

7

「殺されたあるじは、得意先との商談のために巴屋に出かけたそうだな」

隼人が声をあらためて訊いた。

「は、はい……」

「その得意先は?」

「材木町にある米問屋の田村屋《たむらや》さんです」

田村屋は、米問屋の大店で浅草寺《せんそうじ》界隈《かいわい》の米屋だけでなく、料理屋や料理茶屋などが使う米も手広く商っているという。

「その田村屋とは、うまくいっていたのだな」

隼人が念を押すように訊いた。

「はい、田村屋さんとは長い付き合いですから……。揉《も》めるようなことは、ありませんでした」

「他の店とはどうだ。商売上の揉め事で、芝右衛門が恨まれているようなことはなかったのか」

此度《こたび》の件は、辻斬りや追剝《おいは》ぎの類《たぐい》ではない、と隼人はみていた。また、狙われたのは芝右衛門とみていた。手代の利三郎は、巻き添えを食ったにちがいない。とすれば、大松屋の商売上の確執か、芝右衛門に対する怨恨《えんこん》ということになりそうだが——。

隼人には、まだ事件の筋がみえていなかった。

「蔵前界隈で、このような商いをつづけておりますと、他の店との多少の揉め事はございますが、それは、商売上のことでございまして……。そのために、あるじが殺されたとは思えません」

富蔵が、震えをおびた声で話した。

蔵前には蔵宿や米問屋が集まっていて、大店同士で商いを競っているという。そのため、蔵米の売却の手数料、貸し付け金の利息などで他店と差をつけて、大口の旗本を奪ったり、米問屋を取り込んだりすることもあるという。当然、得意先を失った店は商売がかたむくこともある。

「それは、どんな商いでも同じでございます。ですが、商売敵《がたき》として商いを競い合っていても、他の店のあるじを殺そうなどと思う商人《あきんど》はいないはずです」

「そうかもしれんな」

富蔵の謂《いい》は、もっとものような気がした。

「念のために訊くが、女はどうだ」

隼人が声をひそめて訊いた。

「女ですか……」

富蔵が、拍子抜けしたような顔をした。

「芝右衛門も男だ。女のことで、揉め事がないとは言い切れまい」

隼人は、殺しの現場で目撃されていた女のことを思い出したのだ。それに、血に染まった折鶴も、女の怨念《おんねん》の象徴のように思えなくもない。

「そのようなことは、ございませんでしたが……」

富蔵によると、芝右衛門に浮いた話はまったくなかったという。商談で料理屋などに出かけることはあるが、芝右衛門が好んで行ったことはないそうだ。吉原《よしわら》や岡場所にも、出かけたことはないという。

「殺されていた近くに、折鶴が置いてあったが、何か心当たりはあるか」

隼人が、声をあらためて訊いた。

「……ございません。何人かの親分さんにも、折鶴のことは訊かれましたが、思い当たることはないのです」

富蔵が首をひねりながら言った。

「そうか」

隼人は、それ以上事件のことに触れず、

「ところで、この店はだれが跡を継ぐのだ」

と、訊いた。だれか、跡を継ぐ者がいるはずである。

「ご長男の徳一郎《とくいちろう》さんが、継がれるはずです」

富蔵が、芝右衛門には十七になる徳一郎という嫡男《ちゃくなん》がいるので、すこし落ち着いたら店を継ぐことになるだろうと話した
店の跡継ぎも、これといった問題はなさそうだ、と隼人は思った。

「何かあったら、また、寄らせてもらうぞ」

そう言い置いて、隼人は腰を上げた。

店から出ると、大松屋の脇の天水桶《てんすいおけ》の後ろで利助と綾次が待っていた。

「歩きながら、話を聞くか」

隼人は賑《にぎ》やかな奥州街道を浅草御門にむかって歩きだした。大松屋の脇で、利助たちから話を聞くことはできなかったのである。

隼人は大松屋の店先から離れると、

「何か知れたか」

と、利助に目をむけて訊いた。

「大松屋は、繁盛しているようでしてね。近所の評判も、なかなかでした」

利助が歩きながら言った。

綾次は黙って利助の後についてくる。ふたりいっしょに聞き込んだので、綾次から話すことはないのだろう。

「ちかごろ、商いをひろげて、界隈では名の知れた大店のようです」

「……殺しにつながるような話は、なかったのか」

隼人が訊いた。

「殺しにつながるかどうか分からねえが、大松屋のことを恨んでいそうな店は、ありやした」

利助が声をひそめて言った。

「話してみろ」

「瓦町にある、大松屋とは商売敵の倉島屋《くらしまや》という蔵宿ですがね。ちかごろ、左前になったそうでさァ」

瓦町《かわら》は茅町の北に位置し、浅草御蔵の近くだった。米問屋や蔵宿の大店が多い町である。

「それで」

隼人が、話の先をうながした。

「倉島屋の得意先の米問屋を大松屋にとられたらしいんでさァ。それで、倉島屋のあるじの勢五郎《せいごろう》が、大松屋を恨んでいるようで」

利助が、大松屋の近くにあった太物《ふともの》問屋の奉公人から聞いたことを言い添えた。

「勢五郎は、どんな男だ。……商売熱心なのか」

勢五郎が芝右衛門殺しにかかわったとしても、勢五郎が殺しを実行したとは考えられないので、だれかに殺しを依頼したことになる。商売熱心な堅い男では、殺しを引き受けるような者とのつながりはないだろう。

「勢五郎は、ちかごろ病気がちで、あまり表には出ないそうです。病気のせいもあって商いに精が出ず、左前になってきたようでさァ」

「うむ……」

倉島屋が大松屋のあるじ殺しにかかわったとみるのは、まだ早い、と隼人は思った。ただ、念のために探ってみる必要はあるだろう。

「利助、もうすこし倉島屋のことを聞き込んでみてくれ」

隼人が歩きながら言った。

「承知しやした」

「ところで、倉島屋のことで、女の話は出なかったか」

隼人は、折鶴と殺しの現場近くで目撃されている女のことが気になっていたのである。

「女の話は出なかったが……」

利助が語尾を濁し、隼人に目をむけた。

「聞き込みのなかで、夜鷹の話が出てきたら気にとめておけ」

そう言って、隼人はすこし足を速めた。

陽が、家並の向こうに沈み始めていた。街道を行き来する人々が、迫り来る夕闇に急《せ》かされるように足早に通り過ぎていく。

第二章　聞き込み

1

「旦那、すみましたよ」

そう言って、登太が隼人の肩にかけてあった手ぬぐいを取った。髪結いが、終わったらしい。

「さて、出かけるか……」

隼人は立ち上がり、両手を突き上げて伸びをした。

いい日和だった。朝陽が縁先を照らし、秋を感じさせる涼気をふくんだ微風が肌を撫《な》でていく。

「旦那、あっしは、これで」

そう言い残し、登太が縁先から下駄を履いて出ていくのと、入れ替わるように八吉が姿を見せた。

八吉は腰をかがめ、照れたような顔をして縁先に近付いてくると、

「路地から、髪をあたっている旦那が見えやしたんで、勝手に入《へえ》ってきやした」

と言って、首をすくめるように頭を下げた。

「ここで、八吉の顔を見るのは久し振りだな」

隼人は、縁側にあらためて腰を下ろした。

八吉が隼人の岡《おか》っ引《ぴ》きだったころ、戸口から縁先を覗《のぞ》き、隼人の姿を見かけるとそのまま庭にまわることが多かった。

「ちょいと、旦那のお耳に入れておきてえことがありやしてね」

八吉は、隼人に身を寄せて小声で言った。

「なんだ」

「旦那からお聞きした狭山と市造のことでさァ」

「何か知れたのか」

隼人は、南八丁堀で殺された狭山と市造のことを八吉に話しておいたのだ。

「旦那からふたりの名を聞いた後、柳原通りで、むかし地まわりだった宗吉《そうきち》ってやつとばったり顔を合わせやしてね。念のために、狭山と市造の名を出して訊《き》いてみたんでさァ」

「それで」

「宗吉が狭山を知ってやして、あっしに話してくれたんで」

八吉が宗吉から聞いた話によると、狭山は三年ほど前まで、花川戸《はなかわど》町の賭場《とば》で、用心棒をしてた男だという。

「賭場の用心棒な。……それで、ちかごろは何をしていたのだ」

隼人が訊いた。

「宗吉も、狭山が花川戸町の賭場を出た後のことは知らないようでした」

「殺される前、狭山がどこで何をしていたか分かると、下手人のことも知れるかもしれないな」

「あっしも、そう思いやしてね。……黒江《くろえ》町の猪之吉《いのきち》に訊いてみるつもりなんでさァ。それで、旦那もどうかと思って来てみたんで」

「猪之吉なら、知ってるかもしれんな」

隼人は猪之吉のことを知っていた。

猪之吉は、若いころ賭場の壺振《つぼふ》りだった男である。ところが、四十過ぎて中風を患って壺振りをやめ、深川黒江町の裏路地で縄暖簾《なわのれん》を出した飲み屋を始めた。

その店に、むかしの博奕《ばくち》仲間や賭場で知り合った遊び人などが集まるようになり、江戸の闇世界の噂《うわさ》を耳にするようになった。

その猪之吉と八吉は顔見知りで、隼人も八吉といっしょに猪之吉のやっている飲み屋に出かけて、それとなく話を聞いたことがあったのだ。

「これから出かけるのか」

隼人が訊《き》いた。

「旦那の都合で、明日でも明後日《あさって》でも、結構でさァ」

「すぐにも行きたいが、いま髷《まげ》を結いなおしたばかりだ」

登太は、隼人の髷を八丁堀ふうの小銀杏《こいちょう》に結ったばかりだった。

隼人は猪之吉と会うとき、八丁堀同心と知れないように御家人ふうに身を変えていた。猪之吉も、八丁堀の同心には話しづらいだろうし、むかしの仲間が猪之吉の飲み屋に八丁堀同心が出入りしていることを知ったら、姿を見せなくなるとみたからである。

「なに、髷をすこし乱してもらえば、気付かれませんや」

八吉が言った。

「そうだな。……ともかく、着替えてこよう」

隼人は、ここで待っててくれ、と八吉に言い置いて座敷に入った。

いっときすると、隼人は縁先にもどってきた。髷の先をひろげ、櫛《くし》を入れてあった鬢《びん》もすこし乱してあった。身装《みなり》も、羽織袴《はおりはかま》姿の御家人ふうである。

「どうだ、これで」

隼人が言った。

「それなら、八丁堀の旦那だとは思わねえ」

八吉が、感心したように言った。

「戸口にまわるから、待っていろ」

そう言い残し、隼人はふたたび座敷にもどった。

八吉が戸口にまわると、隼人がおたえを連れて出てきた。おたえは、隼人を見送りに来たのである。

「八吉さん、久し振りね」

おたえが笑みを浮かべて言った。おたえも、八吉が岡っ引きだったころは顔を合わせていたのだ。

「お子さんは、お休みで……」

八吉が、小声で訊いた。

八吉は菊太郎のことを知っていた。顔を合わせたことはなかったが、隼人から話を聞いていたのだ。その菊太郎の声が、家から聞こえなかったのである。

「寝入ったところですよ」

おたえが、目を細めて言った。

「今度、あっしにもお顔を見せてくだせえ」

おたえのそばにいた隼人が、

「いつでも、見に来てくれ」

そう言って、戸口から外に出た。

八吉はおたえに頭を下げてから、慌てた様子で隼人の後についた。

2

隼人と八吉は、八丁堀から霊岸島《れいがんじま》を経て大川にかかる永代橋《えいたいばし》を渡った。渡った先が、深川佐賀町である。

隼人たちは大川沿いの道を川下にむかってすこし歩いてから、左手の表通りに入った。そこは、富ケ岡八幡宮の門前通りにつづく道で、黒江町はすぐである。

表通りを歩いて掘割《ほりわり》にかかる八幡橋を渡ると、前方に富ケ岡八幡宮の一ノ鳥居が見えてきた。

「たしか、この辺りだったな」

隼人が言った。

「そこの料理屋の脇の路地に入れば、すぐでさァ」

八吉が通り沿いの料理屋を指差した。

ふたりは、二階建ての料理屋の脇の路地に入った。そこは裏路地で、小店《こだな》や仕舞屋《しもたや》などがつづいていた。

「この店だ」

八吉が、縄暖簾を出した店の前で足をとめた。軒先に吊《つる》した赤提灯《あかちょうちん》に「さけ、かめや」と書いてあった。猪之吉の店である。

店先に立つと、男のくぐもった声が聞こえた。客がいるらしい。

八吉が先に縄暖簾をくぐり、隼人がつづいた。

店の土間に置かれた飯台を前にし、ふたりの若い男が酒を飲んでいた。川並《かわなみ》であろうか。丼《どんぶり》（腹がけの前隠し）に黒股引《くろももひき》姿だった。

ふたりの男は話をやめ、警戒するような顔をして隼人を見た。見掛けない顔の武士が、入ってきたからであろう。

「猪之吉、いるかい」

八吉が声をかけた。

「だれでえ」

土間の奥で男のしゃがれ声が聞こえ、猪之吉が濡《ぬ》れた手を前だれで拭《ふ》きながら出てきた。猪之吉は初老だった。白髪の多い髷が、頭頂にちょこんと載っている。

「八吉と、旦那ですかい」

猪之吉は、隼人と八吉に目をむけて言った。猪之吉は、隼人のことを覚えていたようである。

飯台にいたふたりの男は、猪之吉が隼人たちに顔見知りらしい口をきいたので安心したのか、またふたりで飲み始めた。

「一杯《いっぺえ》やりてえんだがな」

八吉が言った。

「奥の座敷を使いやすか」

土間の奥に、小座敷があった。以前隼人たちが来たときに、その座敷を使ったのだ。奥の座敷といっても、土間のつづきにあり、障子を立てて土間と隔ててあるだけである。

「座敷を頼む」

近くに客のいる土間の飯台では、猪之吉から話を聞くことはできない。

「……酒と肴《さかな》を頼むぜ。肴は、みつくろってくんな」

八吉が言った。

隼人と八吉は、小座敷に腰を下ろした。いっときすると、猪之吉と女房のおしげが、酒と肴を運んできた。おしげは、でっぷり太っていた。猪之吉は痩身《そうしん》だったので、ふたり並ぶと、おしげの樽《たる》のような体がよけい目立つ。

肴は、炙《あぶ》ったするめとたくわんの古漬けだった。以前来たときも、たくわんの古漬けが出たが、酒の肴に合っていて旨《うま》かった。おしげは、肴の入った皿や小鉢を並べ終えると、その場は猪之吉にまかせて、小座敷から出ていった。

「旦那、お久し振りで……」

猪之吉が、一杯やってくだせえ、と言って銚子《ちょうし》を手にした。

「すまんな」

隼人は猪口《ちょこ》に酒をついでもらいながら、猪之吉、変わりないようだな、と小声で言った。

「へい、ちょいと、腰が痛えだけで」

猪之吉が照れたような顔をして言った。

八吉は隼人が猪口の酒を飲み干したのを見てから、

「ちょいと、おめえに訊きてえことがあってな。……この旦那の知り合いが、痛い目に遭ったやつのことだ」

と、切り出した。

隼人は口をつぐんでいた。この場は、八吉にまかせようと思ったのである。

「名は分かってるのかい」

猪之吉が低い声で訊いた。双眸《そうぼう》に、鋭いひかりが宿っている。壺振りだったころを思わせる凄《すご》みのある顔である。

「名は、狭山仙九郎。牢人《ろうにん》だ」

「どこかで聞いたような名だ……」

猪之吉の目が、虚空《こくう》を睨《にら》むように見すえている。記憶をたどっているらしい。

「花川戸の賭場を知ってるかい」

「知ってるぜ。……たしか、政兵衛《まさべえ》親分が貸元をしてたはずだ」

猪之吉の顔に、懐かしそうな表情がよぎった。壺振りだったころを思い出したのかもしれない。

「狭山は、花川戸の賭場で三年ほど前まで用心棒をしていたのだ」

「思い出したぜ！　蟒蛇《うわばみ》の旦那だ」

猪之吉が声を上げた。

「なんでえ、その蟒蛇ってえのは」

「狭山ってえ旦那は、底無しの大酒飲みでな、蟒蛇の旦那と陰で呼ばれてたのよ」

そう言って、猪之吉は隼人についでもらった猪口の酒を、グイと飲み干した。

「その狭山だが、腕はたつのか」

隼人が訊いた。

「たちやす。政兵衛親分の賭場に出入りするやつは、狭山の旦那の腕を知ってやしてね。旦那がいるときは、揉《も》め事がおきねえと言われてやしたぜ」

「その狭山が賭場にいたのは、三年ほど前までだと聞いてるぜ」

八吉が口をはさんだ。

「賭場が潰れちまったからだよ、三年ほど前《めえ》にな」

「どうして潰れたんだ」

「くわしいことは知らねえが、別の親分と揉め事があって、賭場をつづけられなくなったからだと聞いた覚えがあるぜ」

「別の親分てえのは、だれだい」

八吉が訊いた。

「知らねえ……。おれも、聞いてねえんだ」

「花川戸辺りを探れば、分かるな」

八吉が低い声で言った。

八吉と猪之吉のやり取りが途絶えたところで、

「ところで、狭山だがな、ちかごろは、何をしていたのだ」

と、隼人が訊いた。

「さァ……。何をしてたのか、ちかごろのことは分からねえなァ」

猪之吉が首をひねった。

「塒《ねぐら》は？」

「塒も分からねえ」

「市造という遊び人のことを知っているか」

隼人は市造の名を出して訊いた。

「市造ねえ……」

「狭山といっしょにいることが多いようだ」

いっしょにいることが多いかどうか分からなかったが、隼人はそう訊いてみたのだ。

「そいつは、政兵衛親分の倅《せがれ》かも知れねえ。政兵衛親分に、市造ってえ倅がいると聞いた覚えがある」

猪之吉が声を大きくして言った。

「政兵衛の倅か」

隼人は、市造がどこで何をしていたか猪之吉に訊いてみたが、知らないらしく首を横に振るばかりだった。

隼人が口をつぐんだとき、

「政兵衛のことは、だれに訊けば分かる」

と、八吉が訊いた。

「そうだな。おれと同じように、政兵衛の賭場で壺振りをしてた作次《さくじ》って男が、花川戸にいるはずだ。そいつに訊いたら、分かるんじゃァねえかな」

「作次か」

「おれから聞いてきたと、言わねえでくれ」

「分かってるよ。おめえのは名は、出さねえ。おれも、この旦那もな」

八吉が言うと、隼人もうなずいた。

それから、隼人と八吉は、半刻（一時間）ほど、酒を飲んでからかめやを出た。陽は沈み、裏路地は薄暗い夕闇につつまれていた。

3

翌日、隼人は八吉とふたりで、花川戸町にむかった。作次に会って、話を聞いてみようと思ったのである。

八吉は、旦那まで、歩きまわるこたァねえ、あっしが作次を探し出しやすよ、と言ったが、隼人も同行することにした。それというのも、作次から、狭山と市造の話が聞けるとみたからである。うまくすれば、ふたりを斬った下手人も分かるかもしれない。

花川戸町は浅草寺の東方、大川端沿いにひろがっている。ふたりが、大川にかかる吾妻橋のたもとまで来たとき、

「この辺りに、留助《とめすけ》ってえ地まわりだった男がいやすんで、そいつに訊いてみやすか」

と、八吉が言った。

八吉は、長年岡っ引きをしていただけあって、顔がひろいようだ。

「八吉にまかせる」

「たしか、女房にそば屋をやらせていたはずだな」

八吉は、大川端沿いの道を川上にむかって歩きながら通りの店に目をやった。

そうやって、二町ほど歩いたとき、

「あの店のような気がする」

八吉が、道沿いの店を指差した。

小体《こてい》な店である。それでも、戸口は洒落《しゃれ》た格子戸になっていて店先に暖簾が出ていた。

「八吉、そばでも食うか」

すでに、九ツ半（午後一時）を過ぎているだろう。隼人は腹がへっていたので、ついでに昼食にしようと思った。

暖簾をくぐると、土間の先が小上がりになっていた。客がふたり、そばをたぐっていた。隼人と八吉は、小上がりの隅に腰を下ろした。

小女《こおんな》が注文を訊きに来たとき、八吉がふたりのそばを頼み、

「作次はいるかい」

と、小声で訊いた。

小女はあらためて八吉に目をむけ、

「旦那さんの知り合いですか」

と、訊いた。十七、八と思われる小太りの女だった。

「そうだ、むかし世話になった八吉だと話してくれ」

八吉は、ふたりの客の耳にとどかないように声をひそめて言った。

小女はちいさくうなずくと下駄を鳴らして、奥へ引っ込んだ。留助に知らせに行ったようだ。

小女が奥へ引っ込むと、すぐに五十がらみと思われる小太りの男が姿を見せた。汚れた前だれをかけていた。板場で、そばを作っていたのかもしれない。丸顔で浅黒い肌をしていた。狸《たぬき》のような顔である。

「留助、久し振りだな」

八吉が声をかけた。

「八吉、おめえ、御用聞きの足を洗ったんじゃァねえのかい」

留助は、チラッと隼人に目をむけ、声をひそめて言った。ふたりの客に聞こえないように気を使ったらしい。

八吉は、留助が小上がりの上がり框に腰を下ろすのを待ってから、

「お上の御用じゃァねえ。この旦那の用でな。……浅草寺界隈《かいわい》のことは、おめえに訊

けば分かると思って、神田から足を運んできたのよ」

と、小声で言った。

「むかしのことだ。いまは、見たとおり、そば屋の親爺よ」

留助が口許《くちもと》に薄笑いを浮かべた。

「ところで、作次を知っているかい」

八吉が声をひそめて切り出した。

「作次だと……」

留助は語尾を濁した。思い出せないらしい。

「政兵衛の賭場で、壺振りをしていた男だ。この辺りにいると聞いてきたんだがな」

「あいつか」

「知っているようだな」

「……やつは、ずいぶん前に、壺振りの足を洗ってるぜ」

「ちょいと訊きてえことがあるだけだ。……それで、作次はどこにいる？」

「この先の長屋にいまさァ」

留助によると、一町ほど行くと下駄屋があり、その店の脇にある仙五郎店《せんごろうだな》という長屋に作次は住んでいるという。

八吉と隼人は頼んだそばを急いで食べ、

「邪魔したな」

と言い置いて、そば屋を出た。

仙五郎店に行き、井戸端にいた女房らしい女に訊くと、作次の家はすぐに分かった。

作次は家にいた。三十がらみの浅黒い顔をした痩せた男である。流し場に女房らしい女がいたので、八吉が
「表で、ちょいと訊きてえことがあるんだ。悪いようにはしねえよ」

と、おだやかな声で言った。女の前で、賭場のことは訊けなかったのである。

「なんでえ」

作次は不審そうな顔をしたが、戸口から出てきた。八吉が年寄りなので、それほど警戒はしなかったようだ。

作次は、戸口の脇に立っている隼人の姿を目にし、ギョッとしたように立ちすくんだ。

「気にするな。おまえを、どうこうするつもりはない。……むかしのことなのでな」

隼人の表情もやわらかかった。嘘ではなかった。隼人は足を洗っている作次を捕ら

えるつもりはなかったのだ。

「へえ……」

作次は、隼人に目をむけながら首をすくめるように頭を下げた。

「……政兵衛の賭場は、潰れたそうだな」

八吉が作次に身を寄せて小声で訊いた。

「……三年ほど前《めえ》にな。おれが、壺を振るのをやめた後だ」

そう言って、作次はまたチラッと隼人に目をむけた。警戒するような顔をしている。

隼人が、八丁堀同心と気付いているのかもしれない。

「作次、気にするこたァねえぜ。この旦那は、賭場を探っているわけじゃァねえんだ」

「へえ……」

作次は、また隼人に目をやって首をすくめた。

「政兵衛の賭場は、何か揉め事があって、潰れたと聞いたぜ」

八吉が水をむけた。

「揉め事はあったが、賭場が潰れたのは貸元の政兵衛親分が亡くなったからだ」

「亡くなった？　……病《やまい》かい」

「大川に死骸《おろく》で揚がったのよ。……町方《まちかた》は誤って落ちて溺《おぼ》れたとみたらしいが、おれは、殺されたような気がしてならねえんだ」

作次が、伝兵衛の死体には何かで叩《たた》かれたような痣《あざ》があった、と話した。

「……水死とみせて、殺《や》られたのかもしれねえ。政兵衛は別の親分と揉めてたそうだが、そいつの手にかかったんじゃァねえのかい」

八吉が、さらに水をむけた。

「おれも、そうみたが……。町方が、水死とみて調べもしなかったからな。おれには、どうにもならねえ」

「政兵衛と揉めてた親分てえのは、いったいだれだい」

八吉が訊いた。

「本所辺りで、幅を利かせている権蔵《ごんぞう》ってえ親分らしいが、おれもくわしいことは知らねえんだ」

「そいつは、ちかごろ幅を利かせるようになった男かい」

「そうらしいな」

「おめえ、政兵衛は権蔵ってやつに殺られたとみているのか」

「おれがそう思ってるだけかもしれねえがな」

作次が、小声で言った。あまり自信はないようである。

「ところで、おめえ、市造が殺られたのを知らねえのか」

八吉が声をひそめて言った。

「政兵衛の倅の市造か！」

作次は立ったまま八吉を見た。

「そうだ。……市造だけじゃァねえぜ。狭山もいっしょよ」

「なに、狭山の旦那もいっしょだと！」

作次が、声を上げた。

「ふたりは、南八丁堀で殺されたんだが、おれたちは頼まれてその下手人を追っているのよ。……おめえ、市造と狭山を殺った奴の心当たりはねえのか」

八吉が、ふたりの客に聞こえないように声をひそめて訊いた。

「心当たりはねえが……。それで、島吉《しまきち》親分が、狭山の旦那のことを訊きに来たのか」

作次が、つぶやくような声で言った。

「島吉は、御用聞きか」

隼人が八吉に訊いた。

「そうでさァ」

八吉によると、島吉は浅草寺界隈を縄張にしている岡っ引きとのことだった。どうやら、島吉も狭山が政兵衛の賭場の用心棒をやっていたことを知っていて、作次に話を聞きに来たらしい。

八吉から話を聞き終えた隼人は、

「市造と狭山を殺したのは、ふたり組でひとりは女のようだぞ」

と、作次に言った。

「女ですかい！」

また、作次の声が大きくなった。

「刃物で、喉を斬り裂いたらしい。……刃物を遣《つか》うのが上手い女らしいが、心当たりはないか」

隼人が作次に訊いた。

「し、知りやせん」

作次が、目を剝いて言った。

隼人は、女といっしょに目撃された遊び人ふうの男のことも訊いてみたが、作次は知らなかった。

それから隼人が、これからも賭場とは縁を切りな、と言い置いて、八吉とふたりで戸口から離れた。

4

隼人が八吉と花川戸町に出かけて、作次から話を聞いた二日後だった。

隼人が庄助を連れて八丁堀の組屋敷を出ると、

「長月の旦那！」

という声が、通りの先で聞こえた。

見ると、利助が走ってくる。何かあったようだ。隼人は路傍に足をとめ、利助が近付くのを待った。

「だ、旦那、や、殺られた！」

利助が荒い息を吐きながら言った。よほど急いで来たとみえ、顔に汗がひかっている。

「だれが、殺られたのだ」

「し、島吉親分《しま》でさァ」

「浅草を縄張にしている男か」

隼人は、作次から聞いていた岡っ引きの島吉のことを思い出した。

「へい、親分に、旦那にすぐ知らせろと言われて、飛んできたんでさァ」

利助は、八吉のことをいまでも親分と呼んでいる。

「場所はどこだ」

隼人は、出仕はせずにこのまま島吉の殺された場所に行こうと思った。

「本所の一ツ目橋の近くだと聞きやした」

一ツ目橋は、竪川《たてかわ》にかかる橋である。

「それで、天野にも知らせたのか」

隼人は、八丁堀の通りを楓川《もみじがわ》の方にむかいながら訊いた。楓川にかかる海賊橋を渡り、日本橋に出ようと思ったのだ。

「天野の旦那のことは、分からねえ」

利助が言った。

「庄助、天野に知らせてくれ。……後は、おれの家にもどっていい」

隼人は、庄助の供はいらないと思ったのだ。

「へい」

庄助は、すぐに挟み箱を担いだまま天野の家にむかった。

隼人は利助を連れ、楓川にかかる海賊橋を渡ると、江戸橋に足をむけた。江戸橋を渡り、日本橋の町筋をたどって両国橋のたもとに出るつもりだった。

隼人たちは、賑《にぎ》やかな両国広小路を抜けて両国橋を渡った。東の橋詰を右手にむかえば、すぐに竪川の川沿いの道に出られる。

「一ツ目橋は、そこだぞ」

竪川沿いの道に出ると、前方に一ツ目橋が見えた。

隼人たちは橋のたもとまで行ったが、変わった様子はなかった。川沿いの道を通行人たちが行き交い、道沿いの表店《おもてだな》もひらいている。

「あっしが訊いてみやす」

利助が、橋のたもとにあった下駄屋に走った。

利助は店先にいた奉公人らしき男と何やら言葉を交わしていたが、すぐに戻ってきた。

「旦那、知れやした。橋を渡った先だそうで」

「行ってみよう」

ふたりは、すぐに一ツ目橋を渡った。

「あそこだ！」

利助が声をかけた。

渡った先の左手に、ひとだかりができていた。通りがかりの野次馬が多いようだが、岡っ引きらしい男や八丁堀同心の姿もあった。八丁堀同心は、柴崎佐八郎だった。南八丁堀で殺された狭山と市造のことを当初から探っていた男である。

「旦那、親分もいやすぜ」

利助が言った。

ひとだかりのなかに、八吉と綾次の姿もあった。ふたりは、豆菊からここに駆け付けたらしい。

「長月の旦那、ここへ」

八吉が手を上げた。

八吉の声で人だかりが割れて、隼人のために道をあけた。人だかりのなかから、「南町奉行所《みなみ》の旦那だ」「長月さまだ」などという声が聞こえた。隼人のことを知っている岡っ引きがいるようだ。

八吉の斜前《はすまえ》に、男がひとり横臥《おうが》していた。付近の地面に、どす黒い血が飛び散っていた。男は小袖《こそで》を裾高《すそだか》に尻《しり》っ端《ぱし》折《よ》りし、股引に草履履きだった。岡っ引きの島吉らしい。

倒れている島吉の前に、柴崎が立っていた。柴崎は二十代半ば、陽に灼《や》けた浅黒い顔をしていた。眉が濃く、眼光の鋭い剽悍《ひょうかん》そうな面構えをしていた。その顔が、こわばっている。

「長月さん、見てください」

柴崎が声をかけた。

隼人は柴崎の脇に立ち、横たわっている死体に目をむけた。横をむいている島吉の顔が見えた。

……これは！

思わず、隼人は胸の内で声を上げた。

凄絶《せいぜつ》な死顔である。島吉は顔を縦に斬り割られていた。額から鼻筋にかけて斬られ、柘榴《ざくろ》のように割れた傷口から白い頭骨が覗いていた。顔はどす黒い血に染まり、瞠《みひら》いた両眼が飛び出しているように見えた。

「……刀だな」

隼人は、刀で真っ向に斬り割られた傷とみた。それも、腕のたつ剛剣の主の手にかかったようだ。

「わたしも、下手人は武士とみましたが」

柴崎が言った。

「武士とみていいな。匕首《あいくち》や長脇差《ながドス》では、このような傷はできまい」

諏訪町と南八丁堀の件とは、下手人がちがうようだ、と隼人は思った。島吉は、女や町人の手にかかったのでなく、腕のたつ武士に斬られたのである。

隼人がそのことを言うと、

「下手人は何者でしょうか」

柴崎が顔をけわしくして訊いた。

「分からん。これまでの事件《やま》とは、ちがうようにもみえるが……」

隼人はいっとき死体に目をやっていたが、

「島吉は、柴崎の手先か」

と、柴崎に訊いた。

「はい、島吉は、八丁堀で斬られた狭山と市造の件を探っていました」

柴崎が言った。どうやら、柴崎も狭山と市造の名をつかんでいたようだ。

「辻斬《つじぎ》りや追剝《おいは》ぎの類《たぐい》ではないとすれば、島吉は此度《こたび》の件にかかわる者に殺されたとみていいが……」

隼人は首をひねった。

島吉は、諏訪町と南八丁堀の件とはちがう下手人の手にかかったのだ。それも、腕のたつ武士である。

「それで、島吉は下手人について何かつかんでいたのか」

隼人が訊いた。

「島吉の話だと、遊び人ふうの男は、金づくで殺しを引き受けているのかもしれないと言ってましたが……」

「金づくで、殺しだと！　……すると、殺し屋か」

隼人の声が大きくなった。

「まだ、その男の名も分からないのですから、何とも言えませんが……」

柴崎は語尾を濁した。

「うむ……」

隼人は、そうかもしれない、と思った。遊び人ふうの男が殺し屋なら、いっしょにいた女も殺し屋ということになるが──。

……折鶴は、殺しのために使われたのかもしれぬ。

隼人は闇につつまれていた下手人の姿が、かすかに見えてきたような気がした。

ふたりで話しているところに、天野が駆け付けた。

天野も横たわっている島吉の死体に目をやり、顔をこわばらせた。

隼人は柴崎との話をかいつまんで天野に伝えた後、

「手先を使って、近所で聞き込んでみてくれ。島吉が、殺された様子を見ていた者がいるかもしれぬ」

と、言い添えた。

天野はすぐに集まっていた岡っ引きたちに、近所で聞き込みをするよう指示した。

隼人も、その場にいた利助と綾次に聞き込みを命じた。

それから、一刻（二時間）ほどし、長助《ちょうすけ》という岡っ引きが、島吉が斬られたところを見たという船頭から話を聞いてきた。

長助によると、船頭は昨夜五ツ（午後八時）過ぎ、仕事帰りに一杯ひっかけ、一ツ目橋を渡って橋のたもとまで来たとき、悲鳴を耳にしたという。

悲鳴が聞こえた方に目をやると、月明かりのなかに、よろめいている人影と刀を手にして立っている武士の姿が見えた。

武士は刀を納めると、踵《きびす》を返して竪川沿いの道を二ツ目橋の方へ歩き去ったという。

「どんな武士だ」

すぐに、天野が長助に訊いた。

「船頭の話だと、羽織袴姿だったそうで」

暗かったので顔は見えなかったが、総髪《そうはつ》だったという。

天野のそばで話を聞いていた隼人は、島吉を斬った下手人は、牢人かもしれない、と思った。

5

「旦那、一杯《いっぺえ》やってくだせえ」

八吉が銚子を手にして隼人に酒をすすめた。

豆菊の小上がりの奥の小座敷である。座敷には隼人と八吉、それに利助と綾次の姿もあった。

本所で、岡っ引きの島吉が殺された二日後だった。隼人は、今後の探索を指図するために、豆菊に来ていたのである。

隼人は八吉についでもらった猪口の酒を飲み干した後、

「おめえたちも、やってくれ」

と言って、その場にいた三人に酒をついでやった。

綾次も、ちかごろは酒を飲むようになった。もっとも、綾次は舐《な》めるほどしか飲まず、もっぱら肴をつついている。

いっとき酒で喉を潤した後、

「此度の事件《やま》は、これまでのとは様子がちがうようだ」

と、隼人が切り出した。

八吉たち三人は、黙したまま隼人の次の言葉を待っている。

「南八丁堀の件と諏訪町の件は、まったく別のようにみえるが、下手人は同じふたり組らしい。……ところが、南八丁堀の件を追っていた島吉を殺ったのは、ふたり組ではなく別の武士のようだ」

隼人は、牢人らしいと言い添えた。

「下手人は、三人いるってことになりやすね」

利助が、遊び人ふうの男、女、それに牢人のことを口にした。

「そうだ。……おれは、三人は金づくで殺しを請け負っている者たちではないかとみている」

「殺し屋ですか」

利助が驚いたような顔をして言った。

すると、八吉が、

「あっしも、殺し屋のような気がしやす」

と、小声で言った。八吉の双眸《そうぼう》が底びかりしていた。腕利きの岡っ引きだったころを思わせる凄《すご》みのある顔付きである。

「どこかに、殺し屋の元締めのような男がいて、三人の殺し屋にそれぞれ殺しを頼んだのではあるまいか」

「その元締めは、だれです？」

利助が身を乗り出すようにして訊いた。

「……分からない。八吉、心当たりはあるか」

隼人が八吉に目をやった。

「ありやせん。……殺し屋の元締めのような男がいると聞いた覚えはありやすが、名は分からねえし、江戸のどの辺りにいるかも聞いた覚えがねえ」

八吉が顔をしかめて言った。

「これまでの三件が、殺し屋の手によるものだとすると、南八丁堀と諏訪町の件は殺しを頼んだ者がいるはずだな」

「そうなりやす」

「殺しを頼んだ者をつきとめれば、殺し屋も元締めも分かるのではないか」

隼人が言った。

八吉たち三人が、いっせいにうなずいた。

「依頼人をつきとめる手掛かりはある。まず、諏訪町の場合だが、考えられるのは大松屋の商売敵《がたき》だ」

「倉島屋ですかい!」

利助が声を上げた。

「そうだ。……倉島屋が殺しを依頼したかどうか分からないが、探ってみる価値はあるだろう」

「あっしと、綾次でやりやすぜ」

利助が言うと、綾次も顔をひきしめてうなずいた。

「おれは、権蔵を探ってみるか」

隼人が言った。

政兵衛と揉めていたのは、権蔵という親分らしい。作次から聞いた話によると、政兵衛の死にも不審がありそうだ。

隼人は権蔵を探れば、此度の件にかかわった殺し屋なり元締めなりが見えてくるような気がした。

「旦那、あっしも使ってくだせえ」

八吉が言った。

「八吉にも頼むが、権蔵は本所辺りを縄張にしているようだ。繁吉《しげきち》と浅次郎《あさじろう》も使おう」

繁吉は、隼人が手札を渡している岡っ引きだった。ふだんは、深川今川町の船木屋《ふなきや》という船宿の船頭をしている。浅次郎は、北本所の八百屋の倅で、繁吉の下っ引きだった。繁吉と浅次郎は、本所や深川のことにくわしいはずである。

その日、隼人は豆菊で酒を飲みながら今後の探索について話しただけで、八丁堀に帰った。

翌朝、隼人は八丁堀から深川にむかい、今川町の船木屋に立ち寄って繁吉と会った。

隼人から事情を聞いた繁吉は、

「そろそろ、旦那から話があるんじゃァねえかと、待ってたんでさァ」

と言って、すぐに探索にあたることを口にした。

「浅次郎も使いたいのだがな」

「浅には、あっしから話しやす」

繁吉が言った。

「それでな、まず、本所辺りを縄張にしている権蔵という男をつきとめたいのだが、知っているか」

隼人が、権蔵の名を出して訊いた。

「名は聞いたことがありやす。……浅なら、知っているかもしれやせん。浅の塒《ねぐら》は本所ですから」

「浅次郎とふたりで、まず権蔵の居所をつきとめてくれ」

「承知しやした」

繁吉が、これから、浅のところに行ってみやす、と言い添えた。

「おれは、豆菊に寄ってみよう」

隼人は、豆菊で昼飯を食ってから八丁堀にもどろうと思った。

「旦那、舟に乗ってくだせえ。和泉橋近くまで送りやしょう」

繁吉は船宿の船頭をしているので、舟は自由に使えるらしい。

「頼むか」

神田川にかかる和泉橋近くまで行けば、豆菊はすぐである。

「行きやしょう」

繁吉が立ち上がった。

6

隼人が庄助を連れて、八丁堀の組屋敷から通りに出ると、繁吉と浅次郎が路傍に立っていた。

「どうした？」

隼人が、ふたりに歩を寄せて訊いた。

「旦那に、知らせることがありやして」

繁吉が首をすくめるようにして言った。

「こんなところに立ってねえで、家に入りァいいのに」

隼人はくだけた物言いをした。

「あっしらも、いま来たところなんでさァ。……旦那が、御番所《ばんしょ》（奉行所）に出かけるころだと思い、ここで待ってたんで」

「ともかく、話を聞くか」

そう言って、隼人は歩きだした。

「権蔵のことが知れやした」

繁吉が、後についてきながら言った。

「早いな」

隼人が繁吉と会って、三日しか経《た》っていない。

「権蔵は横網《よこあみ》町と田原《たわら》町で、賭場をひらいてるようですぜ」

横網町は本所で、田原町は浅草である。

「貸元か」

「へい、横網町は古いが、田原町の賭場は三年ほど前にひらいたようで」

「伝兵衛と揉めていたのは、賭場のことかもしれない」

伝兵衛の賭場は、浅草花川戸町にあった。田原町は、花川戸町と近い。賭場の客をめぐって諍《いさか》いが起きても不思議はないのだ。

……権蔵が、伝兵衛殺しを依頼したのかもしれない。

と、隼人は思った。

権蔵は、伝兵衛との始末をつけるために伝兵衛の殺しを頼んだのではあるまいか。水死に見せたのは、殺しと分かれば、まず権蔵が疑われるからであろう。

「それで、権蔵の居所は分かるのか」

隼人が訊いた。

「それが、分からねえんでさァ」

繁吉が言うと、脇を歩いていた浅次郎が、

「旦那、すぐに分かりやすぜ。権蔵の子分の吉造《よしぞう》ってえやろうの塒を、つかんでるんでさァ。吉造をつかまえて、たたけば分かりまさァ」

と、早口に言った。

「浅次郎の言うとおりだ。すぐに、吉造を捕らえよう」

隼人は、足をとめた。

隼人は浅次郎から吉造の塒を聞いた上で、

「早い方がいい。今日の夕方にも、吉造を捕らえる。……繁吉と浅次郎は、気付かれないように吉造を見張っていてくれ」

そう言うと、踵を返した。奉行所への出仕はとりやめである。いったん、組屋敷にもどり、豆菊にいる八吉たちにも話して、吉造の塒のある本所へむかうつもりだった。

「承知しやした」

繁吉と浅次郎は、すぐに隼人から離れた。

隼人は組屋敷で御家人ふうの身装《みなり》に着替えてから、豆菊にむかった。豆菊には八吉がいたが、利助と綾次の姿はなかった。

「ふたりは、茅町に行っていやす」

八吉によると、利助と綾次は倉島屋を探るために朝から茅町に出かけているという。

「ふたりの手も借りたいな」

吉造の捕縛《ほばく》のおりに、八吉、繁吉、浅次郎の三人を使えば、何とかなるだろう。だが、塒に仲間でもいれば、八吉たち三人では手が足りない。

「それで、吉造をお縄にするのは、いつで？」

八吉が訊いた。

「今日の夕方、塒に踏み込むつもりだ」

「そんなら、あっしが、これから茅町へひとっ走り行ってきやしょう」

八吉によると、利助たちは倉島屋の近所で聞き込みをしているはずなので、すぐにつかまえられるという。

「旦那は、ここで一休みしていてくだせえ」

八吉は腰を上げると、すぐに小座敷から出ていった。

隼人は、八吉に言われたとおり、小座敷に横になった。焦っても仕方がない。八吉が、もどるまで横になって待つのである。

七ツ（午後四時）ごろだろうか。八吉が、利助と綾次を連れてもどってきた。豆菊は、表戸をしめてあった。八吉が出がけに、今日は店をしめるようにおとよに話しておいたらしい。

「握りめしを用意しといたから、食べてっておくれ」

おとよが、男たちに声をかけた。

まだ夕めしには早いが、隼人たちは、おとよが作ってくれた握りめしで腹ごしらえをしてから豆菊を出た。

隼人たちは柳原通りに出て、賑やかな両国広小路を通り抜けて両国橋を渡った。さらに、竪川沿いの通りを東にむかっていっとき歩くと、一ツ目橋のたもとに出た。

「旦那、浅次郎だ」

利助が声をかけた。

浅次郎が、小走りに近寄ってきた。一ツ目橋のたもとで、隼人たちが来るのを待っていたらしい。

「吉造はいるのか」

すぐに、隼人が訊いた。吉造が塒にいるかどうか、気になっていたのである。

「いやす。いま、親分が見張ってまさァ」

「情婦《おんな》もいるのか」

隼人は、繁吉から、吉造はおとくという情婦と借家に住んでいると聞いていたのだ。

「それが、おとくの他にもひとりいるんでさァ」

浅次郎によると、吉造の他に遊び人らしい若い男がいて、座敷で吉造と酒を飲んでいるという。

「そいつも、いっしょに捕らえるしかないな」

隼人は、利助たちを連れてきてよかったと思った。繁吉、浅次郎、八吉の三人だけでは、手が足りなかっただろう。

「浅次郎、案内してくれ」

隼人が浅次郎に声をかけた。

7

「旦那、あれが、吉造の塒ですぜ」

繁吉が、斜向《はすむ》かいにある小体な仕舞屋を指差して言った。

隼人たちは、本所相生《あいおい》町四丁目にいた。一ツ目橋のたもとから東に歩き、二ツ目橋の手前を左手に入った裏路地である。

「吉造はいるな」

隼人は、笹藪《ささやぶ》の陰から仕舞屋に目をやりながら訊いた。

「いやす。若いやつと、酒を飲んでるようでさァ」

繁吉によると、小半刻（三十分）ほど前、通行人を装って家の脇まで行き、家のなかから聞こえてきた話し声を耳にして分かったという。

「裏手は？」

「背戸《せど》がありやす」

「後ろもかためねえと、逃げられるな」

隼人は、家にいる吉造と若い男、それに情婦のおとくも捕らえるつもりだった。ひとりでも逃げられると、吉造が町方に捕らえられたことが権蔵の耳に入り、姿を消すとみたからである。

「あっしと、利助で裏手をかためやしょう」

八吉が言った。

「頼む」

八吉なら安心である。鉤縄《かぎなわ》を使えば、取り逃がすことはないはずである。

「そろそろだな」

隼人は西の空に目をやった。

陽は西の家並の向こうに沈み、空は茜色《あかねいろ》に染まっていた。笹藪の陰は淡い夕闇が忍び寄っている。路地はひっそりとしていた。そろそろ、暮れ六ツ（午後六時）の鐘が鳴るのではあるまいか。

「支度をしろ」

隼人が、繁吉たちに声をかけた。

繁吉たちは懐《ふところ》から細紐《ほそひも》を出して襷《たすき》をかけ、尻っ端折りした着物の裾を高くして帯に挟みなおした。

支度をしているとき、暮れ六ツの鐘が鳴った。いっときすると、路地や表通りのあちこちから、表戸をしめる音が聞こえてきた。店屋が商いを終え、店仕舞いを始めたらしい。仕舞屋のある路地にも小店があったが、すでに表戸をしめていた。人影も途絶え、路地は夕暮れ時の静寂《しじま》につつまれている。

「いくぞ」

隼人は八吉たちに声をかけ、笹藪の陰から路地に出た。

仕舞屋の戸口の近くまで来ると、

「あっしらは裏手にまわりやす」

と、八吉が小声で言い、利助を連れて家の脇から裏手にまわった。

隼人たちは、足音を忍ばせて戸口に近付いた。

引き戸はしまっていた。だいぶ古い戸で、板の間に隙間があった。その隙間から、淡い灯《ひ》が洩《も》れている。家のなかの行灯《あんどん》の灯らしい。

家のなかからくぐもったような声が聞こえた。男の話し声であることは分かったが、話の内容までは聞き取れなかった。

隼人は、引き戸の隙間からなかを覗いてみた。土間の先に座敷があり、行灯の灯にふたりの男の姿が浮かび上がっていた。胡座《あぐら》をかいているふたりの膝先に、貧乏徳利が置いてある。酒を飲んでいるらしい。三十がらみと思われる男が吉造らしかった。もうひとりは、まだ十代と思われる若い男である。

「あけろ」

隼人が声を殺して言った。

すぐに、繁吉が引き戸に手をかけて引いた。

ガタッ、と音がし、重い音をひびかせて戸があいた。心張《しんば》り棒はかってなかったらしい。

すぐに、隼人が踏み込み、繁吉、浅次郎、綾次の三人がつづいた。繁吉たちは、手に手に十手《じって》を握りしめている。

「だ、だれだ！　てえめたちは」

吉造らしき男が、叫んだ。

若い男は目を剝き、凍りついたように身を硬くしている。

「町方だ！　吉造、神妙にしろ」

隼人は言いざま、腰に帯びてきた兼定《かねさだ》を抜いて峰《みね》に返した。

御用！

御用！

と声を上げ、繁吉たち三人が十手をむけた。

「と、捕方だァ！」

若い男が悲鳴のような声を上げ、四つん這《ば》いになって戸口の方へ逃げた。恐怖で身が竦《すく》んで立ち上がれなかったらしい。

「ちくしょう！」

吉造らしき男が立ち上がり、懐から匕首を取り出した。目がつり上がり、興奮と恐怖で体が顫《ふる》えている。

「手向かいするか」

隼人は、座敷に上がった。

刀を低い八相《はっそう》に構え、腰を沈めて吉造に近付いた。

叫びざま、吉造らしき男が身構えた。

「やろう!」

ふいに、吉造らしき男が匕首を前に突き出すようにして体当たりしてきた。咄嗟《とっさ》に、隼人は右手に体《たい》をひらいて匕首をかわし、刀身を横に払った。一瞬の体捌《たいさば》きである。

ドスッ、というにぶい音がし、吉造らしき男の上体が前にかしいだ。隼人の峰打ちが、男の腹をとらえたのである。

吉造らしき男は、グワッ、という叫び声を上げ、上体を前にかしがせたまま動きをとめたが、膝を折ってその場にへたり込んだ。両手で腹を押さえて、獣の咆哮《ほうこう》のような唸《うな》り声を上げている。

「縄をかけろ!」

隼人が声をかけると、綾次が吉造らしき男の後ろにまわり込んだ。

隼人も綾次に手を貸し、ふたりで吉造らしき男の両腕を後ろにとって、細引で縛り上げた。

一方、繁吉と浅次郎が若い男を取り押さえていた。浅次郎が男の両肩を押さえ付け、繁吉が若い男の両腕をとって縄をかけている。

そのころ、八吉たちは背戸から逃げ出そうとした年増《としま》をつかまえていた。おとくである。

おとくは、表から隼人たちが踏み込んだとき、台所にいたらしい。捕物が始まると、おとくは背戸から逃げようとして飛び出してきたのである。

「あ、あたし、悪いことはしてないよ！」

おとくが、ひき攣《つ》ったような声を上げた。

「おとなしくしな。……おめえは、大番屋に来てもらうだけだ」

八吉が、おとくに縄をかけながら言った。


隼人たちが捕らえた三十がらみの男が吉造だった。若い男は昌吉《まさきち》といい、吉造の弟分らしかった。

捕らえた吉造、昌吉、おとくの三人は、南茅場町《みなみかやば》にある大番屋まで連れていくことにした。大番屋は調べ番屋とも呼ばれ、仮牢もある。隼人は、大番屋で吉造たちを訊《じん》問《もん》しようと思ったのである。

隼人たちは、捕らえた三人を深川今川町まで連れていき、船木屋の桟橋に舫《もや》ってある繁吉の舟に乗せて南茅場町にむかった。

隼人たちの乗る舟は、夜陰につつまれた大川を横切り、日本橋川にむかった。日本橋川を遡《さかのぼ》れば、南茅場町にある大番屋の裏手に出られる。

日中は多くの船が行き交っている大川だが、いまは船影もなく、轟々《ごうごう》と流れの音だけがひびいている。

頭上の月が、皓々《こうこう》とかがやいていた。大川の滔々《とうとう》とした流れは、月光を映じて淡い青磁色にひかりながら、黒々とひろがる江戸湊《みなと》の海原のなかに呑まれていく。

第三章　彦夜叉

1

吉造たちを捕らえた翌日、隼人は南町奉行所には出仕せず、南茅場町にある大番屋に足をむけた。吉造たちを吟味するためである。

大番屋は、町奉行から入牢《じゅろう》証文が取れるまで捕らえた科人《とがにん》を留め置く場所である。そこで、吟味も行われるが、吟味は町奉行所の吟味方与力の仕事であって、同心が捕らえた科人を吟味することはない。したがって、隼人がやるのは捕らえた科人の罪状をあきらかにするための吟味ではなく、事件の探索のための訊問《じんもん》である。

隼人は大番屋へ着くと牢番のふたりに、

「昌吉を吟味の場に連れてきてくれ」

と、指示した。昌吉から先に話を聞こうと思ったのは、昌吉はすぐに口を割る、とみたからである。

ふたりの牢番は昌吉を吟味の場に連れてくると、土間に敷かれた筵《むしろ》の上に座らせた。ふたりはその場に残り、六尺棒を手にしたまま厳《いか》めしい顔をして昌吉の後ろに立っている

昌吉は、後ろ手に縛られていた。蒼《あお》ざめた顔で、落ち着きなく視線を揺らせている。

隼人は一段高い調べの場に座し、

「昌吉、なにゆえ捕らえられたか分かるか」

と、静かな声で訊《き》いた。

「わ、分かりません。……あっしは、お上の世話になるようなことは何もしてねえ」

昌吉が身を乗り出すようにして訴えた。

「おれも、おまえを捕らえる気はなかったのだ。……まァ、包み隠さず話せば、帰《けえ》してやってもいい」

隼人は、急に伝法《でんぽう》な物言いになった。

昌吉が此度《こたび》の事件にかかわったとはみていなかった。せいぜい小博奕《こばくち》を打ったか、三下《さんした》として賭場《とば》の下足番《げそくばん》をした程度であろう。

昌吉が戸惑うような顔をした。隼人の物言いが急に変わったからであろう。

「吉造は、おまえの兄貴分だな」

隼人が切り出した。

「……」

昌吉は何も言わずに隼人を見ている。迷っているようだ。

「口をつぐんでいるのは、悪事を隠すためだな」

隼人が昌吉を見すえて言った。

「か、隠す気は、ございません」

慌てて、昌吉が言った。

「では、もう一度訊く。吉造はおまえの兄貴分だな」

「そ、そうで……」

昌吉が小声で言った。

「ということは、おまえの親分は権蔵ということになるな」

「……!」

昌吉の顔から血の気が引き、急に体の顫《ふる》えが激しくなった。賭場の貸元の子分ということになれば、敲《たたき》ぐらいではすまないと思ったのかもしれない。

「ちがうのかい」

隼人は昌吉を睨《にら》むように見すえた。

「ご、権蔵親分のことは、兄いから聞いてやすが、あっしは、まだ顔を見たこともねえんで……」

昌吉が声を震わせて言った。

「権蔵は、前から横網町に賭場をひらいていたが、三年ほど前、あらたに浅草の田原町に賭場をひらこうとして、花川戸町に賭場をひらいていた政兵衛と揉《も》めた。……そうだな」

「し、知らねえ。権蔵親分の賭場が、横網町と田原町にあると聞いているだけでさァ」

昌吉がむきになって言った。

「権蔵の塒《ねぐら》は？」

隼人が語気を強くして訊いた。

「よ、横網町と聞いていやすが、あっしは行ったこともねえ」

本所横網町は、回向院《えこういん》の近くである。

「ところで、権蔵のそばに腕のいい殺し屋がいると睨んでるんだが、そんな話を聞いたことはないか」

隼人は、権蔵のそばに殺し屋がいるとは、思っていなかったが、昌吉から殺し屋の

ことを訊き出そうとしてそう言ったのである、

「……知らねえ」

昌吉は首をひねった。

ごまかしているようには見えなかった。昌吉は、知らないようだ。

それから、隼人は吉造のことを訊いた。昌吉によると、吉造は権蔵の子分のなかでも、兄貴格で、権蔵のお供で賭場へ出かけることもあったという。

「おめえには、また、訊くことがあるかもしれねえぜ」

そう言って、隼人は昌吉を牢に帰した。

「吉造を連れてこい」

隼人は、ふたりの牢番に命じて吉造を吟味の場に引き出させた。

吉造は土間の筵の上に座らされると、蒼ざめた顔で隼人を見上げた。目がつり上がり、体が顫えている。まだ、峰《みね》打《う》ちをあびた腹が痛むらしく、顔をゆがめていた。

「吉造、権蔵の子分だそうだな」

隼人が吉造を見すえて訊いた。

吉造は何も言わなかった。顔をしかめたまま隼人の顔を見つめている。

「権蔵は、賭場を横網町と田原町にひらいている。おまえも、賭場をひらいている仲間のひとりということになるな」

「し、知らねえ。おれは、賭場のことなんか、知らねえ」

吉造が声を震わせて言った。

「いまさら、しらを切っても無駄だ。おまえのことは調べてあるし、昌吉も話したからな」

「……ちくしょう」

吉造の肩が落ちた。

「吉造、権蔵の塒を知っているな」

隼人が語気を強くして訊いた。

吉造は、苦悶《くもん》するように顔をゆがめた。体の顫えが激しくなっている。

「横網町のどこだ」

「……！」

吉造の視線が揺れた。

「しゃべらなくとも、いずれ分かる。横網町は狭い町だからな」

「こ、小泉《こいずみ》町の近くだ」

吉造が声を震わせて言った。

小泉町は、横網町の隣町である。どうやら、権藤の塒は小泉町と隣接する地にあるらしい。

「借家か」

「お、親分が、妾《めかけ》をかこっていた家だ。……いまは、妾はいねえ」

妾は二年ほど前に病《やまい》で死んだという。

「子分はいるな」

「四、五人いるはずでさァ」

「四、五人か。……ところで、三年ほど前のことだが、政兵衛と啀《いが》み合っていたことがあるな。その政兵衛が、死骸《おろく》で大川から揚がったが、おめえたち子分が殺《や》ったんじゃねえのか」

隼人が伝法な物言いで訊いた。

「お、おれたちは、殺っちァいねえ。……だれも、政兵衛には手を出さなかったはずだ」

吉造がむきになって言った。

「それじゃァ、だれが殺った」

「し、知らねえ」

「殺し屋じゃァねえのか」

隼人が吉造を見すえて訊いた。隼人の双眸《そうぼう》に、刺すような鋭いひかりが宿っている。

「こ、殺し屋の噂《うわさ》は、聞いたことがある」

吉造が声を震わせて言った。

「その殺し屋の名は？」

「し、知らねえ。嘘《うそ》じゃァねえ。親分は、あっしら子分にも殺し屋のことは何も言わなかったんだ」

吉造の声に、訴えるようなひびきがくわわった。

「殺し屋の元締めは？」

隼人は、たたみかけるように訊いた。

「き、聞いてねえ」

「噂ぐれえ、耳にしたはずだぞ」

「……彦夜叉《ひこやしゃ》と聞いた」

「彦夜叉だと！　妙な名だが、そいつは化け物か」

思わず、隼人の声が大きくなった。

「彦兵衛《ひこべえ》という男で、人殺しをするとき夜叉のような面《つら》になるらしい。それで、彦夜叉と呼ばれていたようだ。親分が、彦夜叉と口にしたのを覚えてる」

「そいつは、若いころ、何をやってたんだ」

「腕のいい殺し屋だったらしい」

「若いころ、彦夜叉と呼ばれた殺し屋が、いま殺し屋の元締めをしているわけか」

その男が、大松屋の芝右衛門や狭山たちを殺した殺し屋たちの元締めだろう、と隼人は確信した。

「……そうだ」

吉造が、がっくりと肩を落とした。

それから、隼人は彦夜叉と呼ばれる元締めの居所や三人の殺し屋のことを訊いたが、吉造は何も知らなかった。

隼人は、権蔵を捕らえて口を割らせれば分かると思い、吉造にそれ以上訊かなかった。

吉造につづいて、おとくを吟味の場に引き出した。隼人は、おとくにも権蔵や殺し屋のことを訊いてみたが、権蔵が吉造の親分であることは知っていたが、それ以上のことは知らなかった。

ただ、おとくの話から権蔵のことで知れたこともあった。権蔵は用心深い男で、横網町の埘からあまり出ないという。ただ、柳橋《やなぎばし》の料理屋、玉乃屋《たまのや》には、ときおり出かけていたらしい。おとくは吉造といっしょになる前、柳橋の料理屋の女中をしており、権蔵の噂を耳にしたことがあったという。

隼人の訊問が終わったとき、

「お役人さま、あたしを帰してください」

おとくが、涙声で訴えた。

「帰してもいいが、いまはまずい」

「どうしてです？」

「権蔵の子分に、殺されるかもしれんぞ」

「……！」

おとくが、息を呑《の》んだ。顔が恐怖でこわばっている。

「まァ、ほとぼりが冷めるまで、ここにいるんだな」

そう言い置いて、隼人は立ち上がった。

2

南茅場町の大番屋の前に、二十人ほどの男が集まっていた。隼人、天野、柴崎の三

下《した》っ引《ぴ》きたちである。

隼人たちは、これから横網町へ出かけるつもりだった。権蔵を捕らえるためである。集まっている捕方たちのなかに利助と綾次はいたが、八吉、繁吉、浅次郎の三人の姿はなかった。岡っ引きではない八吉は豆菊に残っていたが、繁吉と浅次郎は、横網町にある権蔵の塒を見張っていたのである。

隼人たちは、捕物出役《とりものでやく》装束ではなかった。ふだん町を巡視しているときのように、小袖《こそで》を着流し、羽織《はおり》の裾《すそ》を帯に挟む八丁堀ふうの身装だった。その場に集まっている小者や岡っ引きたちも、小袖の裾を尻《しり》っ端《ぱ》折《しょ》りし、股引《ももひき》に草履履きである。

隼人たちは、騒ぎを大きくしたくなかった。それで、ふだん巡視しているときの恰《かっ》好《こう》にしたのである。それに、隼人たちは権蔵を賭場をひらいた科《とが》で捕らえるつもりだった。隼人たちが、権蔵を政兵衛や狭山の殺しを依頼した容疑で捕らえたことを、殺し屋や元締めに知られたくなかったのだ。

「そろそろ行くか」

隼人が、西の空に目をやって言った。

まだ、陽射しは強かったが、陽は西の空にまわっている。八ツ半（午後三時）ごろではあるまいか。

「おれが先に行く。天野たちは、すこし間をとって来てくれ」

そう言って、隼人が先に立った。

隼人に、六人の男が従った。利助、綾次、庄助、それに日本橋や京橋辺りを縄張にしている岡っ引きや下っ引きである。これだけの人数なら、巡視のおりの供とそれほどちがいはない。隼人たちの一団を目にしても、だれも不審を抱かないだろう。

隼人から一町ほど間をとって、天野の一団が歩きだした。その天野たちから、さらに一町ほど間をとって柴崎たちがつづいた。人目を引かないように、間をとって横網町へ行くつもりだった。

隼人は、日本橋川にかかる江戸橋を渡り、日本橋の町筋を両国方面にむかった。そして、賑《にぎ》やかな両国広小路を経て、両国橋を渡った。

両国橋の東の橋詰に出たとき、浅次郎が走り寄ってきた。隼人たちが来るのを待っていたらしい。

「浅次郎、権蔵はいるか」

すぐに、隼人が訊いた。権蔵がいなければ、浅次郎か繁吉が、すぐに八丁堀まで知らせに来ることになっていたのでいるはずだが、念を押したのである。

「いやす」

浅次郎が昂《たかぶ》った声で言った。

「子分は、四、五人いるようです」

「四、五人か」

吉造が話していたとおりである。

「繁吉は？」

「権蔵の塒を見張っていやす」

浅次郎によると、繁吉だけなく柴崎の手先の房六《ふさろく》という岡っ引きもいっしょに見張っているという。

「よし、権蔵を捕らえよう」

「こっちです」

浅次郎が先にたった。

隼人たちは東にむかい、本所元町の町筋を抜けて回向院の裏手に出た。裏手の道を左手に折れて北にいっとき歩くと、通り沿いに町家がつづいていた。この辺りが、本所横網町である。

浅次郎は横網町に入ってすぐ、左手の路地に入った。そこは、寂しい路地で店屋はすくなく、人影はあまり見られなかった。妾宅《しょうたく》ふうの仕舞屋《しもたや》や借家らしい家屋が目についた。付近に、長屋はないらしい。

浅次郎が、路地沿いの笹藪《ささやぶ》の陰に身を隠すようにして足をとめ、

「そこです」

と、斜向《はすむ》かいの家を指差した。

その辺りでは、目を引く大きな家だった。黒板塀で囲われている。

「繁吉たちは？」

隼人が訊いた。

「兄いたちは、そこの椿《つばき》の陰にいやす」

浅次郎が、黒板塀でかこわれた家の脇を指差した。路傍に数本の椿がこんもりと枝葉を茂らせていた。繁吉と房六は、その樹陰から権蔵の家を見張っているらしい。

「呼んできてくれ」

「へい」

浅次郎はすぐにその場を離れ、椿の樹陰にむかった。

いっときすると、浅次郎が繁吉と小柄な三十がらみと思われる男を連れてもどってきた。小柄な男が、房六らしい。

「変わった動きはないな」

隼人が繁吉に訊いた。

「へい、権蔵も家にいるはずでさァ」

繁吉によると、朝から見張っているが権蔵らしき男は家から出ないという。それに、一刻（二時間）ほど前に、黒板塀に身を寄せてなかの様子をうかがったとき、子分らしい男が、親分と呼ぶ声が聞こえたそうだ。

「それで、裏手は」

「裏手からも、出入りできやす」

黒板塀の脇をたどると、裏手に出られるという。

「裏手もかためねばならないな」

隼人は、表と裏手から同時に踏み込もうと思った。

隼人と繁吉がそんなやり取りをしているところに、天野たち一団が到着し、すこし遅れて柴崎たちも着いた。

隼人は天野と柴崎に状況を伝えてから、表と裏手から同時に踏み込む手筈《てはず》を話した。

「それがしが、裏手から踏み込みましょう」

柴崎が顔をひきしめて言った。

「天野は、おれといっしょに表からだな」

「承知しました」

「支度をしろ」

隼人がその場に集まった捕方たちに声をかけた。

3

西の空は、茜色《あかねいろ》の夕焼けに染まっていた。家々や路地は、淡い夕陽につつまれている。静かな雀色時《すずめいろどき》である。

隼人たち一隊は足音を忍ばせ、黒板塀にかこまれた権蔵の家に近付いた。正面は木戸門になっていた。二本の柱に、簡素な屋根があるだけの門である。

「それがしは、裏手に」

そう言い残し、柴崎は捕方八人を連れて黒板塀沿いの小径《こみち》をたどって裏手にむかった。

隼人たちは、柴崎たちが裏手にまわるのを待ってから、木戸門をくぐった。

戸口付近に、人影はなかった。正面の引き戸はしまっていたが、脇がすこしだけあいていた。戸締まりはしてないようだ。もっとも、戸締まりするには、まだ早いだろう。

「踏み込むぞ」

隼人は天野に小声で言い、自ら板戸を引いた。

すぐに、戸があいた。家のなかは薄暗かったが、まだ行灯《あんどん》や燭台《しょくだい》の灯《ひ》の色はなかった。

土間につづいて板間があり、その先が座敷になっていた。座敷に、男が三人いた。手前に、遊び人ふうの男がふたり胡座《あぐら》をかいていた。もうひとり、巨軀《きょく》の男が長火鉢を前にして煙管《キセル》で莨《たばこ》を吸っている。

「だ、だれだ！」

座敷にいた遊び人ふうの男が叫んだ。浅黒い顔をした三十がらみの男である。

「権蔵！　神妙にしろ」

隼人が声を上げた。

「捕方だ！」

もうひとりの遊び人ふうの男が、立ち上がりざま叫んだ。長身で面長、目の細い男である。

「は、八丁堀か……」

莨を吸っていた男が、立ち上がった。

巨体だった。赤ら顔で、でっぷり太っている。頰《ほお》や顎《あご》の肉がたるんでいた。かなりの年配らしく、鬢《びん》や髷《まげ》には白髪が目立った。この男が権蔵らしい。

ふたりの男は、権蔵を守るように長火鉢の前に立ち、懐から匕首《あいくち》を取り出した。目がつり上がり、手にした匕首が震えている。逆上しているらしい。

巨体の男は、よたよたと左手に逃げた。太り過ぎて、体が思うように動かないらしい。左手に廊下があり、裏手につづいているようだ。

「逃がさぬ！」

隼人は兼定《かねさだ》を抜くと、刀身を峰に返して、巨体の男を追った。

「親分、逃げてくれ！」

浅黒い顔をした男が隼人の前に立ちふさがり、匕首の切っ先を隼人にむけた。

「邪魔するな」

隼人は低い八相《はっそう》に構えたまま男との間をつめていく。

「やろう！」

叫びざま、男が匕首を突き出した。

刹那《せつな》、隼人は刀身を逆袈裟《さやくげさ》に跳ね上げた。

その刀身が、匕首を突き出した男の右腕をとらえた。一瞬の太刀捌《さば》きである。にぶい骨音がし、匕首が虚空《こくう》に飛んだ。次の瞬間、男は、ギャッ、という絶叫を上げた。男の右腕が、ダラリと垂れている。隼人の峰打ちの一撃が、男の右腕の骨を砕いたらしい。


隼人は男にかまわず、廊下に飛び出した。

巨体の男が、よろめきながら薄暗い廊下を奥にむかって逃げていく。

隼人は背後から巨体の男に迫り、手にした刀の切っ先を首筋に当て、

「逃げれば、首を落とすぞ！」

と、声を上げた。

ヒッ、と喉のつまったような悲鳴を上げ、巨体の男は凍りついたように身を硬くしてつっ立ったが、すぐにその場にへたり込んだ。

そこへ、繁吉たち数人がかけつけ、巨体の男に早縄をかけた。男は抵抗しなかった。繁吉たちのなすがままになっている。

「権蔵だな」

隼人が、巨体の男の首筋に切っ先をむけたまま訊いた。

「……そ、そうだ」

巨体の男が、声を震わせて言った。隠す気はないようだ。もっとも、隠してもどうにもならないだろう。

捕物は、呆気《あっけ》なく終わった。権蔵と同じ座敷にいたふたりの男は、天野に指揮された捕方たちの手で取り押さえられた。また、別の部屋にいたふたりの子分は、裏手から入ってきた柴崎たちに捕縛《ほばく》された。後で分かったのだが、ふたりは権蔵の右腕の辰《たつ》三郎《さぶろう》と壺振《つぼふ》りの又蔵《またぞう》だった。

裏手の台所に、下働きの年寄りがいたが、町方が博奕の科で権蔵たちを捕らえたことを話して解放した。権蔵が町方に捕縛されたことが、殺し屋の元締めや殺し屋の耳に入っても、博奕の科にしておけば、すぐに逃走することはないとみたのである。


翌日から、隼人は天野と柴崎の手も借りて、大番屋で権蔵と捕らえた手下たちの訊問を始めた。

捕らえた手下は、辰三郎と又蔵、それに権蔵と同じ部屋にいた仁《に》助《すけ》と平十《へいじゅう》だった。

四人を訊問したのは、天野と柴崎だった。ふたりは、それぞれ別の場所に捕らえた四人を引き出して訊問した。

四人は博奕のことはすぐに認めたが、狭山と市造、それに政兵衛の殺しについては、ほとんど口をひらかなかった。もっとも、権蔵と政兵衛の対立は知っていたが、殺し屋に依頼したことまでは知らないようだった。

隼人が、権蔵を訊問した。権蔵は、はじめのうちは賭場のことも知らないと言い張ったが、すでに捕らえた吉造や辰三郎たちが、口を割っていることを匂わせると、すこしずつ話しだした。

「これ以上、賭場のことは訊かねえ。……おれが、知りたいのは、殺し屋のことだ」

隼人が権蔵を見すえて言った。

「……こ、殺し屋など、おれは知らねえ」

権蔵が、分厚い唇を震わせて言った。

「おまえが、殺し屋の元締めに殺しを頼んだのは、分かっているのだ」

隼人の声には、有無を言わせない強いひびきがあった。

権蔵は口をとじたまま赭黒《あかぐろ》い顔をゆがめた。

「権蔵、彦夜叉と会ったな」

隼人が彦夜叉の名を出した。

権蔵が目を剝《む》いて、身を硬くした。分厚い唇が震えている。

「鬼夜叉で分からなけりゃァ、彦兵衛と言えば分かるかい」

「……！」

権蔵の顫えが激しくなった。

「彦兵衛とどこで会った」

「……」

「料理屋か」

「な、何のことか分からねえ」

権蔵の声がかすれた。権蔵の顔から血の気が失《う》せ、紙のように蒼ざめている。

「柳橋の玉乃屋だな」

隼人は、おとくから聞いていた玉乃屋の名を出した。

権蔵の視線が揺れた。訊問している隼人に、何もかもつかまれていると思ったらしい。

「玉乃屋で、彦兵衛と会ったな」

隼人が念を押すように訊いた。

「……あ、会った」

権蔵の肩が落ちた。

「どこで、彦兵衛のことを知ったのだ」

「……伊那吉《いなきち》という男が賭場に遊びに来ていて、彦兵衛のことを聞いたのだ」

「それで、どうした」

「伊那吉が、おれと政兵衛が睚み合っているのを知って、政兵衛を始末したいなら玉乃屋に来るように言われ、そこで彦兵衛と会った」

「伊那吉は、どんな男だ」

伊那吉は、彦兵衛とつながりがあるようだ。

「すばしいっこいやつで、匕首を遣《つか》うのがうめえ」

「そいつも、殺し屋か！」

思わず、隼人が声を上げた。伊那吉が、女といっしょに芝右衛門や狭山たちを襲った遊び人ふうの男ではあるまいか——。

「おれは、伊那吉が殺し屋かどうかは知らねえ」

権蔵が言った。

隼人はいずれ伊那吉が殺し屋かどうかはっきりするだろうと思い、

「玉乃屋で、彦兵衛と会ってどうした」

と、話の先をうながした。

「……彦兵衛は、三百両出せば、うまく始末をつけてやると言ったのだ。……おれは、政兵衛を殺してくれ、と言った覚えはねえ」

権蔵が声を大きくした。

「それで、三百両出したのか」

「政兵衛との始末がつくなら安いと思ってな」

「うむ……」

隼人は、殺しを依頼したのと同じだと思ったが、そのことは口にせず、

「政兵衛の賭場で用心棒をしていた狭山と、政兵衛の倅《せがれ》の市造を殺ったのは、どういうわけだ」

ふたりも、彦兵衛が元締めをしている殺し屋の手にかかったのだ。権蔵が、殺しの依頼をしたとみていいのではあるまいか。

「狭山と市造は、おれの命を狙いやがったのよ。政兵衛の敵《かたき》だと言ってな。……それで、また彦兵衛に会って狭山たちのことを話すと、ふたりで五百両出せば、きっちり始末をつけてやると言われたのだ」

権蔵が言った。

「そういうことか」

政兵衛が殺され、さらに狭山と市造が殺された理由が分かった。いずれも、権蔵が

彦夜叉と呼ばれる殺し屋の元締め、彦兵衛に殺しを依頼したのだ。

「権蔵、それで、彦兵衛はどこにいる」

「し、知らねえ」

「塒はどこだ！」

隼人が語気を強くした。

「知らねえんだ。……嘘じゃァねえ。彦兵衛は、塒もそうだが、自分のことはしゃべらねえ」

権蔵が向きになって言った。

「彦兵衛は、どんな男だ。二度も会っていれば、分かるだろう」

「年寄りだ」

権蔵によると、彦兵衛は鬢も髷も真っ白だったという。

「顔付きは？」

「頬に、刃物の傷があった。……彦兵衛は、若いときの傷だと言っていた」

「頬に傷か」

隼人は、顔を見れば彦兵衛と知れるだろうと思った。

「ところで、二度目に彦兵衛に会ったときも、伊那吉という男がつないだのか」

隼人が、声をあらためて訊いた。

「そ、そうだ」

「伊那吉の塒は」

隼人は、伊那吉を押さえれば、彦兵衛も他の殺し屋のことも分かると思った。

「賭場で顔を合わせたとき、福井《ふくい》町と聞いた覚えがあるが……」

権蔵は首をひねった。はっきりしないらしい。

浅草福井町は、茅町に近い地にある。

それから、隼人は、女と牢人の殺し屋のことも訊いたが、権蔵は知らなかった。

隼人の訊問がひととおり済むと、

「だ、旦那、あっしはどうなるんで……」

と、権蔵が声を震わせて訊いた。

「彦兵衛に、助けに来てもらったらどうだ」

隼人は突き放すように言って、立ち上がった。

4

「ちち、ちち……」

菊太郎が、隼人に手を伸ばしながら言った。まだ、菊太郎は父上という言葉がうまく言えないのである。

おたえは抱いている菊太郎に、

「父上ですよ。父上……」

と、笑みを浮かべながら言った。

おたえは、菊太郎を抱いて奉行所に出仕する隼人を戸口まで見送りに来たのだ。

「ちち、でいい。……雀でも鳴いているようだがな」

隼人は、菊太郎のちいさな手を握りながら、菊太郎、行ってくるぞ、とわざといかめしい顔をして言った。

隼人が戸口から出ると、利助と綾次が待っていた。今朝、ふたりは隼人の家に顔を出し、縁先で登太に髷をあたらせていた隼人に、

「倉島屋の倅が、あやしいですぜ。遊び人でしてね。賭場にも、出入りしているようでさァ」

と、知らせたのだ。利助と綾次は、倉島屋を探っていたのである。

「倅の名は？」

隼人が訊いた。

「松次郎《まつじろう》でさァ」

利助によると、松次郎は倉島屋のあるじ、勢五郎の次男で、二十歳前後だという。長男は益太郎《ますたろう》で、倉島屋の跡継ぎとして店の仕事をしているそうだ。

「松次郎に話を聞いてみるか」

あるじの勢五郎が、殺し屋の元締めの彦兵衛と接触したとすれば、松次郎を介してであろう。

「それで、松次郎は店にいるのか」

「店を出ていやす。……町娘を誑《たら》し込んで、ふたりで小伝馬《こでんま》町の借家に住んでまさァ」

日本橋小伝馬町は、牢屋敷のある町である。

「これから行ってみるか」

隼人が言った。

そうしたやり取りがあって、利助と綾次は隼人といっしょに小伝馬町に行くために戸口にまわっていたのである。

隼人たちは、八丁堀から日本橋川にかかる江戸橋を渡って日本橋に出た。さらに、隼人たちは入堀《いりほり》沿いの道をたどって北にむかった。

牢屋敷の脇を通って小伝馬町に入ると、

「こっちで」

そう言って、利助が先に立った。

小伝馬町の町筋をいっとき歩き、細い路地に入って間もなく、利助が路傍に足をとめた。

「その家が、松次郎の塒でさァ」

利助が、斜向かいにある仕舞屋を指差した。借家ふうの小体《こてい》な家である。

「松次郎はいるかな」

「あっしが見てきやしょう」

そう言い残し、利助は小走りに仕舞屋にむかった。

利助は仕舞屋の戸口に身を寄せて、なかの様子をうかがっているようだったが、すぐにもどってきた。

「松次郎はいやすぜ」

利助が、家のなかから男と女の声が聞こえたと言い添えた。

「行ってみよう」

隼人たちは、仕舞屋にむかった。

隼人は戸口で足をとめると、

「利助、松次郎を呼び出せるか。……今日のところは、話を聞くだけだ。おれが踏み込むと、騒ぎが大きくなるかもしれねえからな」

博奕をやった科で、松次郎を捕らえることもできるが、まだ、松次郎を泳がせておいた方がいい、と隼人はみたのである。

「へい、外へ連れ出しやす」

利助は綾次を連れ、表戸をあけて家のなかに入った。

隼人が戸口の脇でいっとき待つと、利助たちが色白のほっそりした男を連れて出てきた。面長で、切れ長の細い目をしている。

男は隼人の姿を見ると、ハッとしたような顔をして、立ち竦《すく》んだ。隼人が八丁堀同心と分かる身装《みなり》で来ていたので、それと知れたのだろう。

「なに、ちょいと、話を聞くだけだ」

隼人は砕けた物言いをし、路地の左右に目をやった。

仕舞屋の脇が狭い空き地になっていって、欅《けやき》が枝葉を茂らせていた。

「その木の下で話を聞くか」

樹陰なら日陰になるし、通行人の目にもとまらないはずである。

隼人たちは、松次郎を連れて欅の樹陰にまわった。

「おめえ、伊那吉という男を知ってるかい」

隼人は、伊那吉の名を出した。権蔵と同じように、松次郎は賭場で伊那吉と知り合ったのではないかとみたのである。

松次郎は戸惑うような顔をして隼人を見たが、

「……名は聞いたことがありやす」

と、小声で答えた。

「だれから、訊いた」

「猪八《いはち》で……」

「その男から、名を聞いただけか？」

猪八は、伊那吉の名だけ口にしたのではないはずだ。

「猪八は、揉め事があったら、伊那吉に頼めばいいと言ってやした」

「それで、おまえは伊那吉に会ったのか」

隼人が、松次郎を見すえて訊いた。

「おれは、会ってねえ」

すぐに、松次郎が言った。

「家の者にも、話したことはねえのか」

父親の勢五郎が、松次郎から伊那吉のことを聞いたのではあるまいか。

「親父《おやじ》に、伊那吉のことを話したことがあるかもしれねえ」

松次郎が、小声で言った。松次郎は、父親の勢五郎に伊那吉のことを話したことを隠さなかった。伊那吉が、殺し屋の元締めのつなぎ役をしていることを知らないのかもしれない。

隼人は、勢五郎が伊那吉と会って、彦兵衛に大松屋の与右衛門の始末を頼んだにちがいないと思った。

「ところで、猪八という男は、何をしているのだ」

隼人が声をあらためて訊いた。猪八は、伊那吉や彦兵衛のことを知っているようである。

「若いころ、鳶《とび》をしていたと聞きやしたが、いまは何をしてるか知りやせん」

「猪八の塒は？」

「馬喰《ばくろ》町の長屋で」

「店《たな》の名は？」

「たしか、勝《しょう》右衛《え》門店《もんだな》だったと……」

松次郎が小声で言った。

「ひとりで住んでいるのか」

「女房とふたり暮らしだと聞きやした」

「そうか」

隼人は、勝右衛門店はすぐに探し出せると思った。

隼人は松次郎からひとわたり話を聞くと、

「松次郎、博奕から足を洗うんだな」

と、松次郎を見すえて言った。

「……！」

松次郎の顔から血の気が引いた。凍りついたように身を硬くして隼人を見た。

「今日のところは見逃してやるが、足を洗わねえと、そのうち敲《たたき》ぐれえじゃァすまなくなるぜ」

隼人は、そう言い置いて樹陰から出た。

5

勝右衛門店はすぐに分かった。隼人たちが、松次郎から話を聞いた翌日、利助と綾次が馬喰町に出かけ、勝右衛門店を探り出したのである。

その日の夕方、利助と綾次は隼人の住む組屋敷に来て、勝右衛門店をつきとめたことを隼人に知らせた。

「それで、猪八はいるのだな」

隼人が念を押すように訊いた。

「いやす」

利助が、猪八はお島《しま》という女房とふたりで住んでいることを言い添えた。

「よし、猪八を捕ろう」

猪八は、松次郎のように話を聞くだけではすまない、と隼人は思った。猪八は、元締めの彦兵衛や伊那吉とつながりがあるとみたのである。

翌日、隼人は八吉の手を借り、繁吉と浅次郎もくわえた五人で、馬喰町にむかい、猪八を捕らえた。

さっそく、隼人は捕らえた猪八を大番屋の吟味の場に引き出して訊問した。

隼人は、猪八に博奕のことから訊いた。権蔵がひらいていた田原町か横網町の賭場に出入りしていたとみたのである。

猪八は博奕など打ったことはないと言い張ったが、隼人が吉造や権蔵を吟味したこ

とを匂わせると、

「手慰《てなぐさ》みに、一度だけ……」

と、小声で言った。手慰みとは、博奕のことである。猪八は小博奕を一度やっただけなら、敲だけで済むとみたのだろう。

「伊那吉を知ってるな」

隼人は、伊那吉の名を出した。

「し、知りやせん」

猪八が、首をすくめて言った。

「猪八、しらを切っても無駄だぞ。おめえも気付いていると思うが、おれたちは権蔵一家の者たちを何人もお縄にして話を聞いてるんだ。権蔵一家だけじゃァねえ、賭場に出入りしていた者もな。……おめえから、伊那吉のことを聞いた者もいるし、おめえが伊那吉といっしょにいるのを見た者もいる。……隠しようがねえんだよ」

歩いているのを見たという証言はなかったが、隼人はあえてそう言ったのである。

「伊那吉を知ってるな」

隼人が語気を強くして訊いた。

「へい……」

猪八が肩を落とした。

「伊那吉の塒は？」

「し、知らねえ。嘘じゃァねえ。伊那吉兄いは用心深くて、塒はだれにも教えねえんだ」

「そうか。……おめえは伊那吉の弟分か」

隼人は、猪八が伊那吉兄いと呼んだのを聞いて弟分かと思ったのである。

「弟分じゃァねえが、兄いが贔屓《ひいき》にしている小料理屋でごっそうになったり、銭を都合してもらったりしたんでさァ」

「どこの飲み屋だ」

隼人は、伊那吉の贔屓にしている小料理屋が分かれば、探り出せるとみた。

「田原町にある『小柳《こやなぎ》』ってえ店で」

小柳は、東本願寺の裏門の近くにあるという、

「ところで、伊那吉には、仲間がいるな」

隼人は、声をあらためて訊いた。

「へい……」

「女もいるはずだが、なんてえ名だっけな」

それとなく、隼人が訊いた。

「お京《きょう》さんですかい」

「そうだ。お京だ。……お京の塒を知ってるかい」

伊那吉といっしょに殺しにかかわった女は、お京という名かもしれない、隼人は思った。

「知らねえ。あっしは、伊那吉兄いが色っぽい年増《としま》といっしょに歩いているの見て、名を訊いただけでさァ」

猪八が言った。

「お京は、伊那吉の情婦《おんな》か」

「そうじゃァねえ。伊那吉兄いは、お京姐《ねえ》さんと呼んでやした」

「その、お京姐さんだがな、折鶴を持ってなかったかい」

隼人は、お京が折鶴を使う殺し屋だとしても、ふだん持ち歩くことはないと思ったが、念のために訊いたのだ。

「折鶴ですかい」

猪吉が、驚いたような顔をした。

「そうだ。紙で折った鶴だ」

「見たこともねえ」

猪吉が、はっきりと言った。

隼人はすぐに矛先を変え、

「彦兵衛という男を知っているな」

と、猪八を見すえて訊いた。

「聞いたことはあるが、あっしは会ったこともねえ」

「伊那吉から聞いたのだな」

「へえ……」

「彦兵衛の塒を聞いているか」

「どこにあるか知らねえが、料理屋にいると伊那吉兄いが口にしたのを耳にしたことがありやす」

「料理屋な。……柳橋の玉乃屋か」

隼人は、おとくから聞いた玉乃屋ではないかと思ったのだ。

「料理屋の名は、聞いてねえ」

「そうか」

隼人は、伊那吉かお京という女の居所をつきとめるしか手はないような気がした。

その手掛かりは、小柳という小料理屋である。

隼人の訊問がひととおり終わると、

「あっしは、どうなるんで」

と、猪八が首をすくめながら隼人に訊いた。

「しばらく、ここにいるんだな。……また、何か訊くかもしれねえ」

「へえ……」

猪八は、肩を落として溜《た》め息をついた。

6

隼人は利助と綾次を連れ、東本願寺の脇の道を歩いていた。右手には、浅草田原町の町並がつづいている。

隼人は羽織袴姿で二刀を帯びていた。八丁堀同心と分からないように、御家人ふうに身装を変えてきたのだ。

隼人は、猪八が口にした小柳を探ってみるつもりだった。ただ、今日のところは、小柳がどんな店か自分の目で確かめてみようと思い、利助と綾次を連れて足を運んできたのである。

七ツ（午後四時）ごろだった。陽は西の空にまわっている。

「この辺りだな」

隼人は東本願寺の裏門の前で足をとめた。

裏門前の通りは、浅草寺の門前の広小路に近いこともあって、人通りは多かった。

参詣客や遊山《ゆさん》客などが目についた。

通り沿いには、料理屋、そば屋、土産店、小間物屋など、参詣客や遊山客相手の店が目についた。隼人たちは、裏門付近を歩いたが、それらしい小料理屋はなかった。

「訊いてみるか」

隼人が通りに目をやると、斜向かいに小間物屋があった。参詣に来たらしい町娘がふたり、店先で店のあるじらしい男と話していた。

店に近付くと、娘のひとりが櫛《くし》を手にしているのが見えた。櫛を買おうとしているらしい。隼人たちは路傍に足をとめ、娘たちが櫛を買って店先から離れるのを待った。

ふたりの娘が店先から離れると、隼人たちは歩を寄せ、

「あるじか」

と、隼人が声をかけた。

「そうですが……」

あるじは怪訝《けげん》な顔をして隼人を見た。御家人ふうの武士が、いきなり小間物屋に立ち寄って声をかけたからであろう。

「この近くに、小柳という小料理屋があると聞いてきたのだがな」

隼人が、訊いた。

「小柳なら、そこの下駄屋の脇の路地を入った先ですよ」

あるじが、四、五軒先にある下駄屋を指差して言った。店先の台の上に綺麗《きれい》な鼻緒の下駄が並べてあるので、遠目にも下駄屋と知れた。

「手間をとらせたな」

隼人は小間物屋の店先から離れ、下駄屋の方に足を進めた。

下駄屋の脇の路地に入って、いっとき歩くと、

「旦那、その店ですぜ」

と言って、利助が指差した。

二十間ほど先に小料理屋らしい店があった。戸口が格子戸になっていて、暖簾《のれん》が出ている。柱に掛け行灯《あんどん》があった。

隼人たちは、通行人を装って店先に近付いた。掛け行灯に、「酒処、小柳」と記してあった。小洒落《こじゃれ》た店である。

隼人たちは店先で足をとめず、そのまま通り過ぎた。

三人は、半町ほど歩いてから路傍に足をとめた。

「旦那、近くで訊いてみやすか」

利助が目をひからせて言った。

「そうだな、せっかくだから、店の女将《おかみ》の名だけでも訊いてみるか」

隼人は、聞き込みをするのは明日からと思い、今日は遅く八丁堀を出たのだ。すでに、七ツ半（午後五時）ごろであろう。

隼人は目についた路地沿いにあった店屋に立ち寄って、小柳の女将の名を訊いてみた。女将の名は、お勝《かつ》とのことだった。お京という名ではなかった。もっとも、お京だったとしても、別の名を使っているはずなので、お勝がお京ではないとはいいきれない。

隼人は念のために伊那吉の名も出したが、だれも伊那吉のことは知らなかった。

「そろそろ、八丁堀にもどろう」

隼人は、路地から表通りにもどった。

隼人たち三人は東本願寺の門前を通り、新堀川沿いの通りに出て南に足をむけた。

そして、鳥越橋《とりごえ》のたもとに出る手前で右手に折れ、元鳥越町の町筋を抜けて神田川沿いの道に出た。

隼人たちは神田川沿いの道を西に歩き、和泉橋を渡って豆菊のある紺屋町にむかうつもりである。

やがて、前方に神田川にかかる和泉橋の橋梁《きょうりょう》が見えてきた。西の空は茜色に染まり、樹陰や店仕舞いした店の軒下などには淡い夕闇が忍び寄っている。風があり、岸際に群生した葦《あし》がサワサワと揺れていた。

「旦那、後ろのふたり、この通りに出たときから、ずっと尾《つ》けてやすぜ」

利助が隼人に身を寄せて言った。

「そのようだな」

隼人は、利助より早くふたりに気付いていた。新堀川沿いの道から元鳥越町の町筋に入ったときから、背後のふたりを目にしていたのだ。

ひとりは遊び人ふうの男だった。縞柄《しまがら》の小袖を腰高に尻っ端折りし、手ぬぐいで頬《ほ》っかむりしていた。もうひとりは女だった。菅笠《すげがさ》をかぶり、手甲《てっこう》を付けて三味線を手にしていた。女の門付《かどづけ》らしい。ただ、町筋で見かける門付は下駄履きだったが、女は白足袋《しろたび》に草鞋《わらじ》履きである。

女が先で、男は三間ほど離れて歩いてくる。

……芝右衛門や狭山たちを殺《や》ったふたり組かもしれぬ。

と、隼人は思った。

だが、隼人は恐れていなかった。ふたりが仕掛けてくるなら、その場で取り押さえるつもりだった。相手はふたり、こちらは三人である。

「利助、やつらが襲ってきたら、綾次とふたりでひとりに立ち向かえ」

隼人が小声で言った。

「へ、へい」

利助が声をつまらせて言った。だいぶ、緊張しているようだ。

綾次も、背後のふたりに気付き、顔をこわばらせている。

「いいか。捕ろうなどと思うなよ。間をとって、逃げていればいい。……おれが、何とかする」

相手は、女と町人だが腕のいい殺し屋とみなければならない。利助たちが、下手に手向かうと殺られる恐れがあった。隼人は、まずひとり仕留め、すぐにもうひとりと闘うつもりだった。

「承知しやした」

利助が、懐に手をつっ込んだ。十手《じって》を握りしめたらしい。

隼人たちがそんなやり取りをしている間に、背後のふたりが迫ってきた。

7

しだいに、ふたりの足音が迫ってくる。

隼人は、足音からふたりとの間合を読んだ。背後から仕掛けられてもかわせるだけの間合を保とうとしたのだ。

「もし、旦那」

女が声をかけた。

隼人は足をとめて振り返った。利助と綾次も足をとめた。隼人の脇に立って、ふたりに目をやっている。

「おれに何か用か」

隼人は女を見つめた。笠をかぶっていて顔は見えなかったが、首筋や襟の間から覗《のぞ》いている胸元は色白である。

「あたしの芸を観《み》てくださいな」

女が抑揚のない声で言った。

「三味線でも弾いて聞かせようというのか」

隼人は言いながら、女との間合を読んだ。まだ、一足一刀の間境《まざかい》の外である。女が、何を仕掛けてくるか分からなかったが、手裏剣でも打たなければ、攻撃できない間合である。

隼人は、遊び人ふうの男にも目をやった。女の脇に立っている。男の目は、利助たちにむけられていた。隼人を狙って仕掛けてくる気配はない。

「旦那には、三味線よりおもしろい物を観せてあげますよ」

女はそう言うと、三味線を手にして肩からはずし、足元にそっと置いた。

……この女、何をする気だ！

そう思ったとき、隼人の脳裏に血に染まった折鶴がよぎった。

女は右手を左の袂《たもと》につっ込んだ。そして、白い物を取り出した。

……折鶴だ！

隼人が胸の内で叫んだ。

そのとき、女の右手から折鶴が離れ、風に乗って、スーと隼人の視界をよぎった。

一瞬、隼人の目が、風に乗って飛ぶ折鶴を追った。刹那、女は一歩踏み込みざま、懐から匕首《あいくち》を取り出した。

女の身が隼人に迫るのと、眼前に刃物の閃光《せんこう》がはしるのとが同時だった。

……首へくる！

頭のどこかで察知した隼人は、大きく身をのけ反《ぞ》らせた。咄嗟《とっさ》に、体が反応したのである。

女の手にした匕首の切っ先が、隼人の顎をかすめて空を切った。

隼人は、後ろによろめいた。身をのけ反らせたために体勢がくずれたのだ。

女が、匕首をふりかざして隼人に迫ってきた。すばやい身の動きである。隼人は何とか体勢を立て直したが、兼定を抜き付ける間がなかった。

エイッ！

鋭い気合を発し、女が匕首を振り下ろした。

咄嗟に、隼人は上体を後ろに倒しざま、左手で刀の柄《つか》を握って、前に突き上げた。

一瞬の動きである。

柄頭が、女の胸を打った。

次の瞬間、女の手にした匕首が、隼人の襟元をかすめて空を切った。隼人が、柄《つか》頭《がしら》で女の胸を打ったため、体がつっ立ち、匕首を握った右手が伸びなかったのである。

グッ、と喉のつまったような呻《うめ》き声を上げ、女が後ろによろめいた。

隼人はすばやく抜刀すると、踏み込みざま、真っ向に斬り下ろした。

バサッ、と女のかぶっていた菅笠が裂け、女の顔があらわになった。色白の年増だった。細い目が、つり上がっている。

女は匕首を構えたまま後じさった。

「お京か」

隼人は、兼定の切っ先を女にむけたまま訊いた。

女の顔に、ハッとした表情が浮いたが何も言わなかった。

そのとき、遊び人ふうの男は利助に匕首の切っ先をむけ、神田川の岸際近くまで利助を追いつめていた。だが、女の身があやういと見ると、

「姐《あね》さん、逃げてくれ！」

叫びざま、隼人の左手から迫ってきた。

獲物に飛びかかる狼《おおかみ》のような俊敏な動きである。

男が女を、姐さんと呼んだことからみて、女はお京とみていいようだ。この男は、伊那吉であろう。

「死ね！」

伊那吉が、隼人の脇腹を狙って匕首を突き出した。

咄嗟に、隼人は後ろに跳んだ。一瞬の体捌きである。

伊那吉の匕首が、隼人の着物の脇腹を引き裂いた。だが、肌まではとどかなかった。次の瞬間、伊那吉は大きく後ろに跳んだ。すばやい動きである。

「いまだ！　姐さん、逃げろ」

また、伊那吉が叫んだ。

その声で、お京はさらに後じさって反転した。そして、走りだした。女とは思えない速さである。

「逃がさねえ！」

利助が、十手を手にしたままお京の後を追った。その後から、綾次も駆けだした。

「利助、追うな！」

隼人が叫んだ。

お京は、まだ匕首を手にしていた。下手に追うと、返り討ちに遭う恐れがある。

隼人の声で、利助と綾次の足がとまった。

「おめえは、逃がさねえぜ」

隼人は、ひとり残った伊那吉に切っ先をむけた。

伊那吉はすこし前屈《まえかが》みの恰好で、顎の下に匕首を構えていた。伊那吉に恐怖や怯《おび》えの色はない。頬っかむりしたした手ぬぐいの間から、底びかりしている双眸が見えた。顎の下に構えた匕首が野獣の牙のようにひかっている。

それでも、伊那吉はすこしずつ後じさった。隼人の剣尖《けんせん》の威圧に押されているのである。

「後がねえぜ」

隼人が言った。

伊那吉の踵《かかと》が、神田川の岸際に迫っていたのだ。

伊那吉の足がとまった。岸際まで下がり、後ろは急な土手になっていた。その先は神田川である。

隼人が、伊那吉との斬撃の間合に迫るや否《いな》や仕掛けた。

タアッ！

鋭い気合と同時に、隼人の体が躍り、閃光がはしった。

袈裟《けさ》へ――。稲妻のような斬撃である。

と、伊那吉の姿が空へ飛び、次の瞬間、隼人の視界から消えた。隼人の切っ先は、虚空を切り裂いて流れた。

土手で、ザザッ、という音がひびいた。伊那吉が、群生した葦を薙《な》ぎ倒しながら転がり落ちている。

伊那吉は背後に跳んで、土手に落ちたのだ。

伊那吉は群生した足のなかで立ち上がると、バサバサと葦を掻《か》き分けて、川の浅瀬から深みに入り、川下にむかった。

「旦那、あそこだ！」

利助が、川面《かわも》を指差した。

夕闇に染まった川面に黒い人影が見えた。伊那吉は川下にむかった後、川を横切り始めた。対岸は柳原通りである。

「追いやしょう！」

利助が昂った声で叫んだ。

「むだだ」

隼人は、川を横切っていく黒い人影を見ながら言った。

隼人たちが和泉橋を渡って対岸へ行く前に、伊那吉は岸に上がり、姿を消しているだろう。いまは、伊那吉の姿を見ているしかなかった。

伊那吉の姿が、夕闇に呑まれるように薄れていく。

第四章　闇の蠢き

1

「旦那、今川町の親分は、小柳に張り込んでるんですかい」

歩きながら、利助が訊《き》いた。

今川町の親分とは、繁吉のことだった。利助は、年上の繁吉を親分と呼んでいたのである。

隼人は利助と綾次を連れて、奥州街道を北にむかって歩いていた。前方右手の家並の先に、浅草御蔵の土蔵の屋根が折り重なるようにつづいている。その辺りは、浅草茅町だった。隼人は、倉島屋のあるじの勢五郎に直接会って話を聞くために来ていたのである。

「伊那吉かお京が、小柳に姿を見せるのではないかと思ってな」

隼人は、利助と綾次に張り込ませようと思ったが、伊那吉とお京は利助たちの顔を知っているとみて、繁吉たちに頼んだのである。

「伊那吉とお京が、大松屋の旦那たちを殺《や》ったとみてるんですかい」

利助が訊いた。

「間違いない。お京が使った折鶴は、目眩《めくら》ましだ」

隼人は、お京が飛ばした折鶴に一瞬目を奪われた。

お京は、隼人が折鶴に目を奪われた一瞬の隙をついて、匕首《あいくち》で隼人の首を搔《か》き斬ろうとした。その匕首も、女のお京が自在に遣《つか》えるように身を細くし、首筋を斬るのに都合がいいように切っ先を鋭くしてあったような気がする。

「女の殺し屋か」

利助が怖気《おぞけ》をふるうように身震いした。

そんなやり取りをしているうちに、隼人たちは倉島屋の店先に着いた。蔵宿《くらやど》の大店《おおだな》らしい土蔵造りの店で、裏手には白壁の土蔵もあったが、活気がみられなかった。店先に客や奉公人の姿もない。

「利助と綾次は、裏にまわって奉公人から話を聞いてくれ」

すでに、利助たちは近所をまわって聞き込んでいたので、倉島屋の女中か下働きの男でもつかまえて話を聞けばいいと思ったのである。

「承知しやした」

利助と綾次は、店の脇にまわった。

隼人は、暖簾《のれん》をくぐって店に入った。店内は、薄暗かった。ひろい土間の脇に印半纏《しるしばんてん》姿の手代《てだい》らしい男がいて、取引き先らしい米問屋の旦那ふうの男となにやら話していた。

土間の先が板間になっていて、左手に帳場があった。番頭らしい年配の男が筆を手にし、帳面になにやら記入していた。

隼人が入っていくと、番頭らしい男が気付き、手にした筆を置いて立ち上がった。男は揉《も》み手をしながら近付いてきて、上がり框《がまち》の近くに膝を折ると、

「八丁堀の旦那、何か御用でしょうか」

と、愛想笑いを浮かべて訊《き》いた。隼人は、八丁堀ふうの恰好《かっこう》で来ていたので、それと知れたらしい。

「番頭か」

隼人が訊いた。

「はい、番頭の盛造《もりぞう》でございます」

「あるじの勢五郎は、いるかな。倅《せがれ》の松次郎のことで、訊きたいことがある」

隼人は、松次郎の名を出した。

「あるじは、臥《ふせ》っておりまして……。てまえでは、駄目でしょうか」

盛造が、眉《まゆ》を寄せて訊いた。

「おれが聞きたいのは、店のことではないぞ。……倅の松次郎のことが、おまえに分かるのか」

隼人は、番頭から話を聞くつもりはなかった。殺し屋の元締めの彦兵衛に会ったのは、あるじの勢五郎なのである。

「……」

盛造は、困惑したような顔をして戸惑っている。

「わざわざ、八丁堀から足を運んできたのに顔も出さないというなら、近くの番屋に来てもらうしかないな」

隼人が盛造を見すえて言うと、

「お、お待ちください。すぐに、あるじに訊いてまいります」

盛造はそう言って、慌てて腰を上げた。

隼人が板間の上がり框に腰を落としていっとき待つと、盛造がもどってきて、

「お上がりになってください。あるじが、お会いするそうです」

そう言って、隼人を板間に上げた。

盛造が隼人を案内したのは、帳場の奥の座敷だった。そこは、得意先と商談のために使う座敷らしかった。

隼人が座敷に膝を折って間もなく、廊下を歩く足音がし、盛造と初老の男が座敷に入ってきた。

初老の男が、勢五郎らしい。ひどく痩せていた。肉を抉《えぐ》りとったように頰《ほお》がこけ、顎《あご》がとがっていた。臥っていると聞いたが、肌に艶《つや》がなかった。それでも、勢五郎は隼人の前に膝を折ると、

「あるじの勢五郎でございます」

と、しっかりした声で名乗った。

番頭の盛造は座敷に残り、勢五郎の脇に座った。

「八丁堀の長月だ。倅の松次郎のことで、訊きたいことがあってな」

「松次郎が、お上の世話になるようなことをしたのでしょうか」

勢五郎が眉を寄せて訊いた。

「すでに、松次郎から話を聞いていてな。……気になることがあるのだ」

「何でしょうか」

勢五郎が不安そうな顔をした。

「大松屋を知っているな」

隼人が勢五郎を見すえて訊いた。

「は、はい……」

「あるじの芝右衛門と手代の利三郎が、殺されたことは──」

「う、噂《うわさ》は、耳にしております」

勢五郎の声が震えた。

「芝右衛門と利三郎を殺した下手人は、金づくで殺しを引き受けている者たちなのだ。名も分かっている」

隼人の勢五郎を見つめた目が、切っ先のようにひかっている。

「……!」

勢五郎の顔が、押しつぶされたようにゆがんだ。

2

「勢五郎、殺し屋の元締めを知っているな」

隼人が語気を鋭くして訊いた。

「ぞ、存じません。……殺し屋の元締めなど、まったく縁がございませんから」

勢五郎が、声を震わせて言った。

「隠しても無駄だ。倅の松次郎が、殺し屋の元締めを知っていて、おまえに話したことも分かっているのだ」

「……！」

勢五郎が、凍りついたように身を硬くした。

盛造も蒼《あお》ざめた顔で身を顫《ふる》わせている。

「勢五郎、殺し屋の元締めと会ったな」

「あ、会ったことは、ございません」

「いまさら、しらを切ってもどうにもならぬ。……おまえが、柳橋の玉乃屋で彦兵衛と会ったことは分かっているのだ」

隼人は、玉乃屋と彦兵衛の名を出した。玉乃屋で彦兵衛と会ったのは、権蔵だが、勢五郎も玉乃屋で会ったとみてそう言ったのである。

「……！」

勢五郎の視線が、揺れた。顔から血の気が引き、紙のように蒼ざめている。

「彦兵衛と会ったな」

「は、はい……」

勢五郎の肩が落ちた。膝の上で握りしめた拳が、震えている。

「それで、大松屋のあるじの殺しをいくらで頼んだ」

「だ、旦那、てまえは、殺しなど頼みません。嘘《うそ》ではございません。彦兵衛さんが、大松屋さんとの揉《も》め事をうまく始末してやるとおっしゃられたので、お願いしただけでございます。……ま、まさか、芝右衛門さんを殺すなどと、思ってもみませんでした」

勢五郎が必死になって言った。

「それで、いくら出したのだ」

隼人が訊いた。

「彦兵衛さんは、いろいろ手を打たないといけないとおっしゃって……。五百両、出してほしいと……」

勢五郎が、小声で言った。

「五百両な」

隼人は、間に入って仲裁の口をきく程度なら五百両もの金を要求するはずはないし、払う方も殺して始末をつけると感じ取っていたからこそ五百両出したのだろう。

だが、隼人は殺しのことは、それ以上口にせず、

「ところで、彦兵衛だが、ひとりで玉乃屋に来ていたのか」

と、訊いた。彦兵衛は老齢と聞いていた。だれか、殺し屋か身内を連れていたのではあるまいか。

「……女の方を、お連れでした」

「女だと」

「はい、年増《としま》の方でしたが」

「名を訊いたか」

彦兵衛の情婦《いろ》であろうか。

「いえ、ふたりとも名は口にしませんでした。……ふたりの口振りから、父娘《おやこ》のように感じましたが」

「父娘だと……」

殺し屋の元締めが、殺しの依頼を受けるとき、自分の娘を連れてくるだろうか。

そのとき、隼人の胸にお京のことがよぎった。

……娘が殺し屋なら、連れてくる！

と、隼人は思った。自分の警護役にもなるし、殺しの相手を直《じか》に知らせることもで

きる。

お京は、彦兵衛の娘かもしれない、と隼人は直感した。

「それで、彦兵衛の居所を聞いているか」

隼人は声をあらためて訊いた。

「存じませんが……」

「何か知らせることがあったらどうするのだ」

「何かあれば、彦兵衛さんの方から連絡をとるとおっしゃられて……。ただ、彦兵衛さんがおれも料理屋をやっている、と話のなかで口にされたことがあります」

「その料理屋は、どこにあると言っていた」

「場所は、口にしませんでした」

「料理屋か……」

身内の者にやらせている料理屋を隠れ蓑《みの》にしているのかもしれない、と隼人は思った。

それから隼人は、彦兵衛が連れてきた年増や伊那吉のことなどを訊いたが、探索に役立つような話は聞けなかった。

隼人は、いずれ勢五郎も大番屋で吟味することになるだろうとみたが、そのことに

は触れず、

「また、寄らせてもらうぞ」

と言い置き、立ち上がろうとすると、

「お待ちください」

勢五郎が慌てて立ち上がり、そばにいた盛造に耳打ちした。

すぐに、盛造は座敷から出ていった。

隼人は、勢五郎が引き止めるのを振り切るようにして廊下に出ると、そこへ盛造がもどってきた。

勢五郎は盛造から袱紗《ふくさ》包みを手にすると、

「だ、旦那、これは茶菓子替わりでございます」

と言って、袱紗包みを隼人の手に渡そうとした。

袱紗包みには、切り餅《もち》がつつんであるようだった。切り餅は一分銀を方形につつんだもので、ひとつが二十五両。袱紗包みの膨らみ具合から切り餅が二つ、五十両ありそうだった。

「おれは、茶菓子は嫌いでな」

隼人は、やんわりと断った。ここで、勢五郎から、袖《そで》の下をもらうわけにはいかなかった。それも、五十両の大金である。


隼人が店の外に出ると、利助と綾次が待っていた。

隼人たちは、奥州街道を浅草御門の方へ歩きながら、

「どうだ、利助、何か知れたか」

と、隼人が訊いた。

「おかねという、倉島屋に古くからいる女中から聞いたんですがね。……倉島屋は左前のようですぜ」

「そうらしいな」

隼人も、そのことは知っていた。

「このままでは、ちかいうちに店はつぶれるんじゃァねえかと心配してやした」

「うむ……」

「それも、大松屋に得意先をとられたからだと、おかねが怒ってやしたぜ」

「商いに負けたのだな」

店がかたむいているときに、勢五郎は五百両もの大金を出してまで、芝右衛門の始末を彦兵衛に頼んだのだ。それだけ、勢五郎の大松屋に対する憎しみが強かったのだ

ろう。

3

「親分、それらしいやつは姿を見せませんね」

浅次郎がうんざりした顔で言った。

繁吉と浅次郎は、浅草田原町に来ていた。ふたりは、路地沿いにあった小体《こてい》な店の脇に身をひそめていた。その店は飲み屋だったらしいが、つぶれたらしく表戸をしめたままで、ひとの気配はなかった。

繁吉たちはその店の陰から、斜向《はすむ》かいにある小柳の店先に目をやっていた。ふたりが、この場に身をひそめて小柳を見張るようになって四日目だった。まだ、伊那吉らしい男もお京らしき女も姿を見せなかった。

「やつら、この店に来るんですかね」

浅次郎が、生欠伸《なまあくび》を嚙《か》み殺して言った。

ふたりが、この場に来て半刻（一時間）ほど経《た》つ。小柳を見張るといっても、一日中店先に目をやっているわけではない。客の多くなる七ツ半（午後五時）ごろから、一刻（二時間）ほどである。

「来るか、来ねえか。……しばらく、張ってみるしかねえな」

「腹がへった。握りめしでも持ってくりゃァよかった」

浅次郎が、溜《た》め息をつきながら言った。

「浅、交替でそばでも食ってくるか」

繁吉も、腹がへっていた。

「そうしやしょう」

「おめえが、先に行け」

「親分から、どうぞ。もどるまで、あっしが、ここで見張っていやすから」

「そうかい」

繁吉は店の脇から路地に出ようとした。その足が、ふいにとまった。繁吉は、顔を突き出すようにして路地に目をやった。

「親分、どうしやした」

「やつかもしれねえ」

繁吉が店の脇にもどりながら言った。

路地の先に、町人の姿が見えた。縞柄《しまがら》の小袖《こそで》を裾高《すそだか》に尻《しり》っ端《ぱ》折《しよ》りしていた。夕闇のなかに両脛《りょうすね》が白く浮き上がったように見えた。中背で顔は面長、すこし前屈《まえかが》みの恰好で歩いてくる。

繁吉は、男の身辺にやくざや無宿者のような荒《すさ》んだ雰囲気を感じとった。真っ当な男ではないようだ。

……伊那吉かもしれねえ。

と、繁吉は思った。

男は小柳の手前で歩調を緩め、路地の周囲に目をやりながら店先に近付いた。そして、店の前に立ち止まり、もう一度周囲に目をやってから暖簾をくぐった。

「やつだな」

繁吉が声を殺して言った。

「伊那吉ですかい」

浅次郎が緊張した顔で訊いた。

「まちがいねえ」

小柳に入った男の体付きも、隼人から聞いていた伊那吉のそれと重なる。

「どうしやす」

「そばは、後だ。やつが、出てくるのを待って、跡を尾《つ》けるんだ」

繁吉は、辛抱して見張りをつづけ、やっと姿を見せた伊那吉をここで見失いたくなかったのだ。

それから、一刻（二時間）ほど過ぎた。路地は深い夜陰につつまれている。小柳からは、何人も客が出入りしたが、伊那吉らしい男は姿を見せなかった。

「お、親分、腹がへった」

浅次郎が情けない声を出した。

「辛抱しろ。夕めしを抜いたって、死にゃァしねえ」

「死なねえが、力が入らねえ」

「おめえだけ、めしを食ってくるか」

「……親分を残して、おれだけ食いに行くわけにはいかねえ」

「それなら、辛抱しろ」

繁吉がそう言ったときだった。

小柳の格子戸があいて、だれか出てきた。ふたりだった。行灯《あんどん》の明かりに、ふたりの姿がぼんやりと浮かび上がった。ひとりは、遊び人ふうの男で、もうひとりは女将《おかみ》らしかった。

「やつだ！」

伊那吉らしい男である。女将が送ってきたらしい。

女将は男の腕を取って、肩先を男に押しつけるようにしていた。ただの客ではないようだ。女将は、伊那吉らしい男の情婦《いろ》かもしれない。

ふたりは店先で身を寄せたまま何か話していたが、伊那吉らしい男が女将に何か声をかけて、店先から離れた。

「尾けるぜ」

繁吉が先に路地に出た。

繁吉は夜道の尾行を考えて、黒の紺の半纏《はんてん》に黒股引《くろももひき》姿で来ていた。浅次郎も似たような闇に溶ける茶の小袖に黒股引姿である。ふたりは、慎重に家の軒下闇や樹陰などをたどりながら男の後を尾けた。

伊那吉らしい男は、足早に田原町の町筋を東にむかって歩いていく。田原町から西仲《にしなか》町に入って間もなく、路地沿いの仕舞屋《しもたや》の前で足をとめた。

伊那吉らしい男は仕舞屋の前で足をとめ、路地の左右に目をやってから家のなかに入った。

「おい、やつの塒《ねぐら》のようだぜ」

繁吉が小声で言った。

「近付いてみやすか」

「そばまで、行かねえ方がいい」

繁吉は、伊那吉らしい男は用心深いとみていた。家の戸口で足音が聞こえれば、後を尾けられたとみるかもしれない。

繁吉たちは、伊那吉らしい男が入った家の斜向かいに、赤提灯《あかちょうちん》を軒先に出した飲み屋があるのを目にし、明日、飲み屋を目当てにここに来て、男が何者か確かめようと思った。

「浅、今夜はこれでおしまいだ。……どこかで、めしを食おうじゃァねえか」

繁吉は、一膳めし屋かそば屋ならまだひらいている店もあるだろうと思った。

「そうしやしょう」

浅次郎が、ほっとしたような顔をした。

4

翌日、繁吉と浅次郎は、西仲町に足を運んできて、伊那吉らしい男が入った仕舞屋の近くで聞き込んだ。その結果、男が八助《やすけ》と名乗り、仕舞屋にひとりで住んでいることが知れた。ひとりといっても、半年ほど前まで女房らしい年増と住んでいたそうだ。その女が流行病《はやりやまい》で亡くなり、いまはひとりになったのだという。

生業《なりわい》は鳶《とび》ということだったが、あまり仕事には行かないらしい。近所付き合いはまったくなく、付近の住人たちも得体の知れない八助を怖がって、近付かないようにしているという。

繁吉は、八助が伊那吉かどうか確かめようと思った。それで、利助の手を借りることにした。利助は、隼人といっしょに神田川沿いの通りで襲われたとき、伊那吉とおなじ京の姿を目にしていたので、八助の姿を見れば、伊那吉かどうか分かるはずである。

繁吉は利助を連れて、西仲町の八助の家の近くの物陰に身をひそめて、八助が家から出てくるのを待った。

ふたりが身をひそめて半刻（一時間）ほどしたとき、表の引き戸があいて、八助が姿をあらわした。

利助は八助の姿を見るなり、

「伊那吉だ！　まちげえねえ」

と、断言した。

ふたりは、伊那吉の姿が遠ざかってから路地に出た。そして、八丁堀にむかった。隼人に伊那吉の塒をつかんだことを知らせるのである。

繁吉と利助は、隼人が奉行所からもどる七ツ（午後四時）を過ぎたころ、八丁堀の組屋敷に着いたが、まだ隼人は帰っていなかった。

ふたりが戸口近くで待つと、いっときして通りの先に隼人の姿が見えた。挟み箱を担いだ庄助を連れている。

隼人は繁吉たちの姿を目にすると、足早に近付いてきて、

「何かあったか」

と、すぐに訊いた。

「旦那、伊那吉の塒が知れやした」

繁吉が言った。

「知れたか」

「へい、浅草の西仲町でさァ」

繁吉が、小柳から伊那吉を尾行したことと、利助にその姿を見てもらったことまでをかいつまんで話した。

「すぐに捕ろう」

隼人が、伊那吉を捕らえて自白させれば、元締めの彦兵衛はむろんのこと一味の全貌をつかむことができると口にした。

「それで、いつやりやす」

利助が訊いた。

「早い方がいい。明日だ」

隼人は、八吉の手も借りたいので、利助に話しておくように頼んだ。隼人は何としても伊那吉を捕らえたかった。伊那吉は腕のいい殺し屋である。その上、逃げ足も速い。それで、八吉の手も借りたかったのだ。

「承知しやした」

すぐに、利助が言った。

「それから、繁吉は浅次郎とふたりで、明朝から西仲町に行って伊那吉を見張ってくれ」

「へい」

繁吉が目をひからせてうなずいた。


翌朝、隼人は奉行所に出仕せず、御家人ふうの身装《みなり》に変えて、豆菊に足を運んだ。豆菊には、八吉、利助、綾次の三人が隼人の来るのを待っていた。

隼人は八吉たちと伊那吉を捕らえる手筈《てはず》を相談した後、おとよが作ってくれた茶漬けで腹ごしらえをし、一休みしてから豆菊を出た。

隼人たちは、暮れ六ツ（午後六時）の鐘が鳴ってから伊那吉の塒に踏み込むつもりだった。ただ、伊那吉がそれより早く、塒から出てくれば、そのとき仕掛けることになるだろう。

隼人たちは柳原通りに出て、神田川にかかる新シ橋《あたらしばし》を渡ると、浅草方面に足をむけた。大名屋敷のつづく通りを抜け、新堀川にかかる橋を渡って浅草御蔵の前に出ると、奥州街道を北にむかった。

駒形堂の前まで来ると、

「こっちでさァ」

と言って、利助が先にたった。

浅草三間町《さんげんちょう》を抜けると、右手におれ、いっとき歩いて西仲町に入った。

利助は西仲町の表通りをしばらく歩いて路地に入ると、路傍に足をとめ、

「そこに、飲み屋がありやすね」

と言って、赤提灯をつるした飲み屋を指差し、飲み屋の斜向かいの家が伊那吉の塒だと言い添えた。

「繁吉たちは、どこにいる」

隼人が訊いた。

「ここで、待っててくだせえ。あっしが、呼んできやす」

利助はそう言い残し、小走りに飲み屋の方にむかった。

利助は、路地から飲み屋の脇の狭い空き地に踏み込んだ。そこに、大きな葉をつけた八手《やつで》が、枝葉を茂らせていた。

利助は八手の陰にまわり、繁吉を連れて隼人のところにもどってきた。

「繁吉、伊那吉はいるか」

すぐに、隼人が訊いた。

「いやす」

「ひとりか」

「それが、ふたりいるようなんで」

繁吉によると、半刻（一時間）ほど前、三十がらみの遊び人ふうの男が家に入ったまま出てこないという。

「仲間かもしれねえな」

隼人は、その男も捕らえれば、何か聞き出すことができると踏んだ。

「裏手は？」

隼人が訊いた。

「裏からは出入りできねえようですが、縁側がありやす」

縁側から、外に飛び出すことができやす、と繁吉が言い添えた。

「八吉、縁側にまわってくれ」

隼人が八吉に目をやって言った。

「承知しやした」

八吉は、そばにいた綾次に、おめえも、縁側にまわれ、と小声で言った。

「他の者は、おれと表から入る」

そう言って、隼人が利助、繁吉、浅次郎の三人に目をやった。

5

暮れ六ツ（午後六時）の鐘が鳴り、辺りは淡い夕闇に染まってきた。路地沿いの店は商いを終えて表戸をしめている。ただ、斜向かいにある飲み屋だけは店をひらいていて、軒下につるした赤提灯の灯が、路地を赤く照らしていた。飲み屋には、何人か客がいるらしく、男の濁声《だみごえ》や哄笑《こうしょう》などが聞こえてくる。

「行くぞ」

隼人が男たちに声をかけ、伊那吉のいる家にむかった。

隼人たちが足音を忍ばせて、戸口近くまで来ると、

「あっしは、縁側にまわりやす」

と八吉が言い残し、綾次を連れて家の脇から縁側にむかった。

「旦那、あけやすぜ」

利助が、表の引き戸をあけた。

戸は重い音をひびかせてあいた。隼人たち三人は、すばやく敷居を跨《また》いで土間に踏み込んだ。

土間の先が、座敷になっていた。隅に置かれた行灯の灯に、ふたりの男が浮かび上がっていた。

ふたりの男は座敷に胡座《あぐら》をかき、貧乏徳利を膝先に置いて酒を飲んでいた。伊那吉がいた。もうひとりは、浅黒い顔をした男である。

「てめえは、八丁堀！」

伊那吉が叫びざま、手にした湯飲みを隼人にむかって投げた。

隼人は身を低くして、湯飲みをかわした。

ガシャ、と音がし、湯飲みが引き戸に当たって砕け、酒が飛び散った。

伊那吉はすばやい動きで立ち上がり、懐から匕首を取り出した。目がつり上がり、

歯を剝《む》き出している。牙を剝いた野獣のようである。

浅黒い顔の男も立ち上がり、懐に呑《の》んでいた匕首を手にした。

「伊那吉、神妙にしろ！」

隼人は兼定《かねさだ》を抜き、刀身を峰《みね》に返した。峰打ちに仕留めるつもりだった。

御用！

と声を上げ、利助、繁吉の二人が、十手《じって》を伊那吉と浅黒い顔の男にむけた。

「伊那吉、逃げられねえぜ」

隼人は刀を手にしたまま座敷に踏み込んだ。

「ちくしょう！」

伊那吉が隼人に迫ってきた。闘うつもりらしい。

腰をかがめ、匕首を胸のところに構えている。その匕首が、行灯の火を映じて血に染まったように赤くひかった。

伊那吉はすばやい摺《す》り足で、隼人との間合をつめると、

「死ね！」

と叫びざま、前に跳んだ。

匕首の切っ先が、隼人の首筋を襲う。

刹那《せつな》、隼人は刀身を撥《は》ね上げた。にぶい金属音がひびき、匕首がはじかれた。次の瞬間、隼人の刀身が弧を描き、伊那吉の脇腹を襲った。

刀身を撥ね上げ、二の太刀を胴へ——。神速の太刀《たち》捌《さば》きである。

皮肉を打つにぶい音がし、伊那吉の上半身が折れたように前にかしいだ。隼人の峰打ちが、伊那吉の腹を強打したのである。

よろっ、と伊那吉はよろめき、足をとめると、膝を折ってうずくまった。獣が唸《うな》るような苦痛の声を上げている。

「利助！　縄をかけろ」

隼人が叫んだ。

すばやい動きで、利助が伊那吉に走り寄った。

そのとき、もうひとりの男が、左手へ走った。外へ逃げるつもりらしい。

「待ちゃァがれ！」

繁吉と浅次郎が、男の後を追った。

隼人は逃げる男にかまわず、伊那吉に切っ先をむけていた。男は縁側から逃げようとしているが、縁先には八吉と綾次がいるので逃げられないだろう。

利助が伊那吉の後ろにまわり、両腕を後ろに取ろうとしたときだった。

グッと、伊那吉が喉のつまったような呻《うめ》き声を洩《も》らして身をのけ反らせた。伊那吉の手にした匕首が胸に突き刺さっている。

……しまった！

隼人は、すぐに伊那吉の手にした匕首を取って抜き取った。

伊那吉の胸から血が、ドクドクと噴き出た。匕首で心ノ臓を突き刺したらしい。

隼人は、血の奔騰《ほんとう》する胸に着物の袖を当てて押さえ付けながら、

「伊那吉、彦夜叉《ひこやしゃ》はどこにいる！」

と、大きな声で訊いた。

出血が激しい。伊那吉の命は、長くもたないだろう。

「……し、知るかい」

伊那吉が、顔をゆがめながら言った。顔から血の気が引き、体が顫《ふる》えている。

「どこだ、彦夜叉は！」

さらに、隼人が叫んだ。

「も、元締めは、おめえたちには、つかまらねえよ……」

伊那吉が口許《くちもと》に薄笑いを浮かべたが、すぐに苦痛に顔がゆがんだ。

伊那吉の体の顫えが激しくなった。胸から迸《ほとばし》り出た血が着物を赤く染め、ポタポタと滴《したた》り落ちている。

「彦夜叉は、どこにいる！」

「し、知ら……」

伊那吉は言いかけ、ふいに顎を突き上げるようにして身を反らせた。次の瞬間、がっくりと首が落ちた。

……死んだ！

伊那吉は、隼人の腕のなかで息を引き取った。

そのとき、八吉は縁側に逃げてきた浅黒い顔の男に繁吉の手を借りて縄をかけていた。八吉は、細引《ほそびき》の先についている鉤《かぎ》を男の腹に打ち込み、男が腹を押さえてうずくまったところを取り押さえたのである。

八吉たちが男を縛り上げたところに、隼人と利助が姿をあらわした。

「伊那吉は、どうしやした」

八吉が訊いた。

「自害したよ」

隼人が残念そうに言った。

「旦那、こいつから話を聞いてみたらどうです」

八吉が言った。

「そのつもりだ」

隼人は縁側から庭に下り、後ろ手に縛られて地面に座らされている男の前に立つと、

「おまえの名は」

と、訊いた。

「は、半助《はんすけ》でさァ」

男が声を震わせて名乗った。隠す気はないようだ。半助の浅黒い顔が、恐怖でゆがんでいる。

「おまえは、伊那吉の子分か」

「……子分じゃァねえ」

「遊び仲間ではないようだし……。半助、おまえは伊那吉に何か知らせることがあってここに来たのだな」

半助は、殺し屋と元締めの使い走りをしているのではないか、と隼人はみた。

「そうでさァ。……旦那、あっしは、お上の世話になるようなことは何もしてやせ

ん」

半助は、訴えるような顔をして隼人を見た。

「だれに頼まれて、ここに来たのだ」

隼人が、半助を睨むように見すえて訊いた。

「酒井《さかい》の旦那で……」

「酒井というと？」

「酒井半九郎《はんくろう》の旦那でさァ」

「そやつ、牢人《ろうにん》か」

隼人は、酒井という牢人がもうひとりの殺し屋ではないかと思った。

「そうでさァ。酒井の旦那とは、田原町の小柳ってえ小料理屋で知り合いやしてね。伊那吉に言伝《ことづて》を頼まれたんでさァ」

「どんな言伝だ」

「話があるから、樽政《たるまさ》ってえ飲み屋に来るようにと言ってやした」

「樽政はどこにある」

「小柳から、一町ほど先にありやす」

「なぜ、小柳にしないのだ」

小柳には、伊那吉も酒井も出入りしているようだ。

「あっしには分からねえが、酒井の旦那は、小柳に近付かねえ方がいいと言ってやした」

「うむ……」

酒井は、隼人たちが小柳に目をつけたのを察知したのかもしれない、と思った。

「ところで、酒井の塒を知っているか」

隼人は、酒井の居所が分かれば、捕らえられるとみた。

「知りやせん。酒井の旦那とは、小柳で何度か会っただけで」

「そうか。……小柳の女将は、お勝という名だったな」

隼人は、お勝のことも訊いてみようと思った。

「旦那、よくご存じで」

「伊那吉とお勝は、どういうかかわりなのだ」

隼人は、ただの客ではないような気がした。それに、お勝はお京でもないらしい。

「女将は、伊那吉の情婦《いろ》でさァ」

半助の口許に薄笑いが浮いた。

「それで、伊那吉は小柳に出入りしていたのか」

隼人は納得した。

それから、隼人は半助に、お京や彦兵衛のことも訊いてみたが、半助は知らないようだった。

隼人の訊問《じんもん》がひととおり終わると、

「旦那、あっしを帰《けえ》してくだせえ」

半助が、訴えるように隼人に言った。

「このまま帰すわけにはいかないな」

隼人は、半助を帰せば酒井に、伊那吉が死んだことや隼人に訊かれたことなどを話すだろうと思った。

「しばらく、大番屋で過ごしてもらうか」

「大番屋……！」

半助が凍りついたように身を硬くした。

6

「旦那、あっしでいいんですかい」

八吉が照れたような顔をして訊いた。

「たまには、他の店の酒も飲んでみろ」

歩きながら、隼人が言った。

八ツ半（午後三時）ごろである。陽は西の空にまわっていたが、まだ陽射しは強かった。

隼人と八吉は、浅草田原町に来ていた。隼人たちは、小柳に行くつもりだった。

半助の話から、酒井は隼人たちが小柳に目をつけたのを察知したのではないか、と隼人はみていた。そうであれば、酒井やお京は店に近付かないだろう。小柳を見張っていても、無駄である。それで、隼人はお勝に直接話を聞いてみようと思ったのだ。

利助や繁吉でなく八吉を連れてきたのは、それなりのわけがあった。隼人は、岡っ引きとして長い経験のある八吉なら、お勝からうまく話を聞き出すのではないかと思ったのだ。それに、これまでの八吉の労をねぎらってやりたい気持ちもあった。

「その店だ」

隼人が路地に足をとめて指差した。

小柳の店先に、暖簾が出ていた。店はひらいているらしい。

隼人と八吉は、店先に近付いた。店のなかは静かだった。まだ、客はいないようだ。

「入ってみよう」

「へい」

　隼人は暖簾を分け、格子戸をあけた。土間の先が、小上がりになっていた。その奥に障子が立ててある。座敷があるのかもしれない。小上がりに、客の姿はなかった。まだ、早いのだろう。

「だれか、いないか」

　隼人が声をかけた。

　いま、行きます、と女の声がし、下駄の音がし、小上がりの脇から女が顔を出した。色白の頬のふっくらした年増だった。お京とは、まるでちがう顔付きである。

「お勝さんかい」

　隼人が訊いた。

「そうですけど……。お客さん、前にもお見えになったことがあったかしら」

　お勝が、隼人を見ながら小首をかしげた。

　隼人は、羽織袴《はおりはかま》姿で二刀を帯びて来ていた。八丁堀同心と分からないように身を変えたのである。

「いや、初めてだ。この店に、酒井という武士が来るであろう」

「ええ……」

「酒井から、この店の酒は旨《うま》いし、女将が色っぽいと聞いてな。……すこし早いが、他の客が来ないうちに、女将の顔を拝ませてもらおうと思って来たのだ」

「嫌ですよ、色っぽいなんて」

女将は目を細めて嬉《うれ》しそうな顔をした。

「座敷はあいているか」

隼人がお勝に身を寄せて訊いた。

「あいてますよ。どうぞ……」

お勝は、隼人の背後にいる八吉に目をやって、お連れの方ですか、と訊いた。

「そうだ。三吉《さんきち》といってな。長年、よく奉公してくれたので、今夜は慰労もかねて一杯飲ませてやろうと思ってな」

隼人は、咄嗟《とっさ》に思い付いた三吉の名を口にした。

「三吉でごぜえやす」

八吉が、すぐに話を合わせた。

「そうですか。さ、どうぞ」

お勝は、隼人と八吉を小上がりの奥の小座敷に上げた。

隼人と八吉が、小座敷に腰を下ろしていっとき待つと、お勝と初老の男が、酒と肴《さかな》を運んできた。男は竹吉《たけきち》という名で、板場で料理を作っているという。歳《とし》のせいもあるのか、包丁人らしい覇気がなかった。包丁人の仕事だけでなく、下働きのような雑用もしているのだろう。

肴は鰈《かれい》の煮付と茄子《なす》の漬物、それに冷奴だった。

お勝は、隼人の脇に膝を折ると、

「旦那、一杯、どうぞ」

と言って、杯《さかずき》に酒をついでくれた。

お勝は八吉にも酒をついでやってから、

「ゆっくりやってくださいね」

と、言って腰を上げようとした。

「女将、忙しいのか」

隼人が訊いた。

「いえ、まだ、お客さんは入っていませんから……」

お勝は、座りなおした。

「それなら、おれの酒も受けてくれ」

そう言って、隼人は杯を渡し、銚子《ちょうし》を手にして酒をついでやった。

隼人はお勝が酒を飲み干したのを見て、

「酒井と久し振りで会ったのだが、以前と住居《すまい》が変わったような口ぶりだったな。いま、酒井はどこに住んでいるのだ」

と、もっともらしく訊いた。まず、酒井の塒を聞き出そうとしたのである。

「……たしか、阿部川《あべかわ》町と聞きましたよ」

浅草阿部川町は、新堀川の西方にひろがっている。田原町からは、それほど遠くない。

「長屋暮らしではあるまいな」

「借家と聞きましたよ」

「借家か」

隼人は、阿部川町の借家をあたれば、酒井の塒をつきとめられるかもしれないと思った。

「酒井は色っぽい年増といっしょだったが、所帯を持ったのかな」

隼人は、お京のことを聞き出すつもりで、作り話を口にしたのだ。

「酒井さまは、お独りのはずですよ。……色っぽい年増って、だれのことでしょう」

お勝が首をひねった。

「酒井が年増の名を呼んだが……。三吉、おまえも聞いていたな。あの色白の年増は何という名だったか、覚えているか」

隼人は八吉に顔をむけて訊いた。

「お京さんと呼んでましたよ」

八吉は、うまく話を合わせてお京の名を口にした。

「そうだ、お京だ」

隼人が声を大きくして言った。

「お京さんですか」

お勝が、驚いたような顔をした。

「女将は、お京という年増を知っているのか」

隼人が訊いた。

「ええ、何度か、この店にみえたことがあるんですよ……。お京さんとも話したことがあるけど、酒井の旦那のいい女《ひと》じゃァありませんよ」

お勝がはっきりと言った。

どうやら、小柳は殺し屋たちの連絡場所にもなっていたらしい。

「だが、ふたりは夫婦のような顔をして歩いていたぞ。阿部川町で酒井といっしょに暮らしているのではないのか」

さらに、隼人が訊いた、

「そんなはずはありません。……お京さん、男親《おとこおや》と暮らしていると言ってましたから」

「男親とな」

隼人は、彦兵衛ではないかと思った。

「それに、お京さん、料理屋をしてると言ってましたよ」

お勝が言った。

「どこで、料理屋をしているのだ」

まちがいない、お京は、彦兵衛といっしょにいるようだ。

「浅草寺の近くだと言ってたけど……」

「店の名は？」

すぐに、隼人が訊いた。

「……聞いてないわね」

お勝が、不審そうな顔をして隼人を見た。隼人が、しつこく酒井やお京のことを訊いたからであろう。

「もう、お京の話はやめよう。女将のようないい女を目の前にすると、他の女はどうでもよくなるからな」

隼人はそう言って、杯を手にした。

お勝が銚子で酒をついでいるときに、店の格子戸があく音がし、何人かの男の声が聞こえた。

「あら、お客さん」

お勝はすぐに腰を上げ、ゆっくりやってくださいね、と言い残し、そそくさと座敷から出ていった。

それから、お勝は二度隼人たちの座敷に顔を出したが、追加の注文を訊いただけで、座敷に腰を下ろさなかった。

隼人と八吉は、ふたりで一刻（二時間）ほど酒を飲んでから小柳から出た。

店の外は、夕闇に染まっていた。すでに、暮れ六ツ（午後六時）を過ぎている。隼人たちは、田原町の町筋を東にむかった。中山道《なかせんどう》に出てから、豆菊にむかうつもりだった。今夜は八丁堀まで帰らず、豆菊に泊まることになるかもしれない。

「旦那、だいぶ様子が知れてきやしたね」

八吉が歩きながら言った。

「そうだな」

隼人は、酒井だけでなく、お京と彦兵衛の居所もつかめるかもしれないと思った。

第五章　鶴と鬼

1

隼人は、利助、綾次、繁吉、浅次郎の四人を連れて、浅草阿部川町に来ていた。酒井の塒《ねぐら》をつきとめるためである。

小柳の女将《おかみ》、お勝から話を聞いて、酒井は阿部川町の借家に住んでいることが分かった。隼人は、阿部川町はひろいので五人で別々に聞き込みに当たった方が、早くつきとめられるとみた。それで、四人連れてきたのである。

隼人たちは、阿部川町まで繁吉の舟で来ていた。八丁堀から阿部川町まで歩くとかなりあるが、舟ならば速い。南茅場町の裏手の桟橋から日本橋川を下って大川に出、川を遡《さかのぼ》って新堀川に入れば、阿部川町までほとんど歩かずに来られる。

船宿の船頭をしている繁吉は、浅次郎を乗せて隼人を南茅場町まで迎えに来た。そして、途中柳橋近くの桟橋で待っていた利助たちを乗せて、阿部川町まで来たのである。

隼人たちは、新堀川にかかるこし屋橋のたもと近くの船寄《ふなよせ》で舟を下りた後、まず新堀川に近い町筋をあたることにした。

こし屋は、輿屋《こしや》のことである。輿屋は、輿や駕籠《かご》などを製造販売する店らしい。橋のたもとに輿屋があったことから、そう呼ばれるようになったようだ。

「一刻（二時間）ほどしたら、この橋のたもとに集まってくれ。近くで、めしでも食いながら聞き込みの様子を話すことにしよう」

隼人が利助たち四人にそう声をかけ、その場から離れようとすると、

「旦那、待ってくだせえ」

繁吉が隼人に声をかけた。

「なんだ」

隼人は足をとめた。

「八丁堀の旦那が、あっしらのように聞き込みに歩きまわっちゃァいけねえ。ここから先は、あっしら四人でやりやすから、旦那は近くのそば屋にでも立ち寄って、一休みしててくだせえ」

繁吉が言うと、

「そうでさァ、ここから先は、あっしらの仕事だ」

と、利助が声を大きくして言った。

綾次も、あっしらがやりやす、と小声で言い、浅次郎もうなずいた。

「分かった。聞き込みは、四人にまかせよう」

隼人は、苦笑いを浮かべた。

「旦那、行ってきやす」

繁吉が言い、四人は新堀川沿いの道で左右に分かれた。

繁吉と浅次郎が右手に、利助と綾次は左手にむかった。二手に分かれて、聞き込みにあたるつもりらしい。

隼人は、四人の姿が遠ざかるまで、橋のたもとに立っていたが、

……この近くで、話を聞いてみるか。

と、胸の内でつぶやき、通りの左右に目をやった。

川沿いの道の半町ほど先に、笠屋があった。店先に、菅笠《すげがさ》、網代笠《あじろがさ》、八折り笠などがかかっていた。台の上にも、並べてある。

隼人は笠屋に足をむけた。店の者に、話を聞いてみようと思ったのである。

店先に、五十がらみと思われる丸顔の男がいた。店のあるじらしい。店先の台の上

に並べてある菅笠を並べ変えている。

「あるじか」

隼人は声をかけた。

「へい、旦那、いい笠がありやすよ」

あるじが、揉《も》み手をしながら愛想笑いを浮かべた。隼人は、羽織袴《はおりはかま》姿で来ていたので客とみたのだろう。

「ちと、訊《き》きたいことがあってな」

隼人が言った。

「なんでしょうか」

あるじの顔から愛想笑いが消えたが、邪険な態度も見せなかった。相手が、武士だったからであろう。

「この辺りに、酒井半九郎という牢人《ろうにん》の住んでいる借家はないかな」

隼人は、酒井の名を出して訊いた。

「存じませんが……。それに、この近くに借家はありませんよ」

「借家はないか」

「へい、ここから北に二町ほど歩きやすと、そば屋の脇に路地がありやす。その先に、

三、四軒、借家がありやす。その近くで、お訊きになったらどうです」
おやじが言った。

「邪魔したな」

隼人は、笠屋から離れ、川沿いの道を北にむかった。

おやじの言ったとおり、そば屋があった。二階建ての大きな店である。その店の脇に、路地があった。

路地をいっとき歩くと、借家らしい家屋が三軒あった。隼人は路地沿いの店に立ち寄って訊いてみたが、酒井が住んでいる家はなかった。三軒とも、住んでいるのは町人とのことである。

それから、隼人は新堀川沿いの道にもどり、北にむかって歩きながら目についた店に立ち寄って話を聞いてみたが、それらしい家は見つからなかった。

まだ、すこし早いと思ったが、隼人はこし屋橋のたもとにもどった。まだ、利助や繁吉の姿はなかった。

橋のたもとでいっとき待つと、利助たちが姿を見せ、つづいて繁吉たちが小走りにもどってきた。

「そばでも食いながら、話を聞かせてもらおう」

隼人は、さきほど目にした二階建てのそば屋に利助たち四人を連れていった。二階の座敷に腰を落ち着け、注文を訊きにきた小女《こおんな》に四人分のそばを頼んだ後、

「何か知れたか」

と、隼人が四人に目をやって訊いた。

「旦那、それらしい借家がありやしたぜ」

繁吉が、身を乗り出すようにして言った。

「見つけたか」

思わず、隼人が声を上げた。

利助と綾次も、繁吉に目をむけている。

「へい、名は分からねえが、牢人者がひとりで住んでいる借家がありやした」

繁吉によると、借家は留守だったという。近所で話を聞いてみると、二年ほど前から、総髪《そうはつ》の牢人が妻らしい女とふたりで住むようになったが、ここ一年ほど女の姿が見えないので、いまはひとり暮らしではないかという。

得体の知れない牢人で、あまり家に帰らず、近所の住人と話もしないそうだ。近所の住人たちは牢人を怖がって避けていることもあって、牢人の名も生業《なりわい》も知らないという。

「その牢人が、酒井のようだな」

隼人がそう言ったとき、障子があいて小女がふたり、膳を持って入ってきた。

「そばを食ってから、その借家を見てみよう」

そう言って、隼人が箸を取った。

2

「こっちでさァ」

繁吉が先に立った。

隼人たちは、阿部川町の路地を歩いていた。そこは、新堀川沿いの道から、細い路地を三町ほど入ったところだった。

寂しい路地で、人影もすくなかった。路地沿いには空き地や笹藪《ささやぶ》などが日立ち、店屋はあまりなかった。

繁吉が笹藪の前に足をとめ、

「旦那、その家でさァ」

と言って、斜向《はすむ》かいにある仕舞屋《しもたや》を指差した。

小体《こてい》な古い家である。路地に面した表戸は、しまっていた。繁吉のいうように留守らしく、ひっそりとしている。

「覗《のぞ》いてみるか」

隼人は、家にむかって歩きだした。

繁吉が後につき、すこし間をとって利助たちがつづいた。

隼人は家の前まで来ると、戸口に身を寄せた。板戸がしまっていた。家のなかからは物音も話し声も聞こえなかった。ひとのいる気配もない。

隼人は戸口からすこし離れたところまで歩いて足をとめた。そして、後続の利助たちが近付くのを待って、

「念のため、近所で聞き込んでくれ」

と、指示した。そして、こし屋橋のたもとで待っているので、半刻（一時間）ほどしたらもどるよう利助たちに言い添えた。

隼人はひとり、新堀川沿いの道にもどり、こし屋橋のたもとに足を運んだ。そして、橋のたもとの川岸近くに立って、繁吉たちがもどってくるのを待った。

このとき、新堀川の対岸、こしや橋のたもと近くに武士がひとり立っていた。総髪で黒鞘《くろざや》の大刀を一本落とし差しにしていた。牢人体《てい》である。

牢人体の男は、酒井だった。酒井は、浅草寺近くの料理屋に身をひそめている彦兵衛と会った帰りだった。

酒井は隼人に目をやった。その双眸《そうぼう》が、うすくひかっている。

酒井はこし屋橋を渡ろうとして、たもとまで来たのだが、橋のむこう側に立ってい る隼人の姿を目にし、岸際で枝葉を茂らせていた柳の樹陰にまわって身を隠したのだ。

酒井は、橋のむこう側に立っている隼人が何者か分かっていなかった。ただ、供も連れずに、ひとり立っている武士に不審を抱いたのだ。

酒井が樹陰に身を隠していっとき経《た》つと、ふたりの町人が橋のむこう側に立ってい る隼人のそばに小走りに近付いてきた。

……あのふたり、岡っ引きだ。

酒井が胸の内でつぶやいた。

ふたりは、利助と綾次だった。酒井は、利助たちの名は知らなかった。ただ、酒井は小袖《こそで》を裾高《すそだか》に尻《しり》っ端《ぱ》折《しょ》りし、股引《ももひき》に草履履きのふたりの姿を目にし、岡っ引きとみたのである。

ふたりの岡っ引きにつづいて、さらにふたり、岡っ引きらしい男が足早にやってきて、隼人になにやら話しだした。

……あの武士は、八丁堀の同心だ！

と、酒井は思った。

酒井は、同心が手先の岡っ引きたちを連れて、自分の塒を探りに来たことを察知した。同時に、伊那吉を始末したのもその同心ではないかと思った。

……おれが、やつを始末してやる。

酒井は胸の内でつぶやくと、懐から手ぬぐいを取り出し、頰《ほ》っかむりをした。念のために顔を隠したのである。

そのとき、対岸では、繁吉が隼人に聞き込みの様子を話していた。

「旦那、今朝、酒井らしい牢人の姿を見たやつがいやしたぜ」

繁吉が口にした。

繁吉は、通りかかったぼてふりに声をかけて訊いたという。すると、ぼてふりが、今朝、酒井の家から牢人体の男が路地に出て、新堀川の方へ行くのを見掛けたと話したそうだ。

「すると、酒井はあの借家から姿を消したわけではないな」

隼人は、今夜にも酒井が帰ってくるかもしれないと思った。

「旦那、どうしやす」

繁吉が訊いた。

「明日の朝、もう一度来てみよう」

隼人は、朝なら酒井がいるのではないかとみた。

「今日のところは、これまでだな」

隼人は、西の空に目をやった。

陽は西の家並の向こうに沈んでいた。空は茜色《あかねいろ》に染まっている。そろそろ暮れ六ツ(午後六時)の鐘が鳴るだろう。新堀川沿いの通りは、人影もなくひっそりとしていた。聞こえてくるのは、新堀川の汀《みぎわ》に寄せるさざ波の音だけである。

隼人たちは、舟を繋《つな》いである船寄に足をむけた。

そのとき、隼人は背後に迫ってくる足音を聞いた。振り返ると、手ぬぐいで頬《ほ》っかむりをした武士体の男が小走りに近付いてくる。

……殺気がある！

隼人は、すこし前屈《まえかが》みの恰好《かっこう》で迫ってくる男の身辺に殺気があるのを感知した。

頬っかむりの男の足が速くなった。左手で刀の鍔元《つばもと》を握り、疾走してくる。その姿は、獲物に飛びかかる獣のようだった。

隼人は反転し、すばやく抜刀体勢をとった。

繁吉たち四人も振り返り、反転した隼人と後ろから走り寄る頬っかむりの男を目にした。

頬っかむりの男は、抜刀していた。八相《はっそう》に構えた刀身が、西の空の夕焼けを映して血塗《ちまみ》れたようにひかっている。

「旦那ァ！」

叫びざま、繁吉が懐から十手《じって》を取り出した。

利助、綾次、浅次郎の三人は、すばやく横にひろがり、十手を手にした。

隼人も抜刀し、切っ先を迫ってくる男にむけた。

頬っかむりの男は、足をとめなかった。

一気に斬撃の間境《まざかい》に迫ると、
イヤアッ！

裂帛《れっぱく》の気合を発し、斬り込んできた。

八相から真っ向へ——。

走り寄りざま、たたきつけるような斬撃を隼人にみまった。

咄嗟《とっさ》に隼人は、刀身を振り上げて、男の斬撃を受けた。

ガチッ、という重い金属音がひびき、青火が散って金気《かなけ》が流れた。瞬間、隼人の腰がくだけてよろめいた。男の強い斬撃に押されたのである。

すかさず、牢人が踏み込み、二の太刀を袈裟《けさ》にはなった。

隼人も、後ろによろめきながら刀身を横に払った。一瞬の反応である。

袈裟と横一文字――。

二筋の閃光《せんこう》が交差した瞬間、ふたりの体が後ろに跳んだ。敵の次の斬撃にそなえて、間合をとったのである。

隼人の切っ先は空を切り、男のそれは隼人の肩口をとらえた。

ザクリ、と隼人の肩から胸にかけて羽織が裂けた。だが、小袖《こそで》まで裂けていなかった。咄嗟に、隼人が刀身を横に払ったために男の踏み込みが浅くなり、切っ先がとどかなかったのだ。

男の手ぬぐいの間から見えた双眸に、驚きの色が浮いた。隼人がこれほどの遣《つか》い手とは思っていなかったのだろう。

「酒井か！」

隼人が鋭い声で誰何《すいか》した。

男は無言だった。ふたたび八相に構えると、全身に気勢を込め、足裏を摺《す》るようにして間合を狭めてきた。

そのときだった。利助が呼び子を取り出して吹いた。隼人の羽織が裂けたのをみて、あやういと感じたようだ。

ピリピリ、と甲高い呼び子の音がひびいた。すると、繁吉も呼び子を手にし、顎《あご》を突き上げるようにして吹いた。

綾次と浅次郎は、「人殺し!」「ひとを、呼べ! 人殺しだ」と、大声で叫んだ。静寂につつまれていた川沿いの道が、呼び子の音とふたりの叫び声で騒然となった。

男の視線が戸惑うように揺れた。

男はすばやく後じさると、

「勝負、あずけた!」

と、叫びざま、反転して駆けだした。

隼人は後を追わなかった。男の逃げ足が速かったこともあるが、下手に後を追うと返り討ちに遭う恐れがあったからだ。

男はこし屋橋を渡り、川むこうの道を北にむかっていく。その姿が淡い夕闇のなかに霞《かす》んできた。

「旦那ァ!」

利助たちが、隼人のそばに走り寄った。

「やつは、酒井だ」

隼人は、これで、酒井は阿部川町の借家から姿を消すだろうと思った。

3

翌朝、隼人は天野家を訪ねた。天野は、小者《こもの》の与之助を連れて出仕するところだった。

「天野、話がある」

隼人が言った。

「長月さん、家に入ってください。まだ、出仕するには間がありますから」

天野は表情をひきしめて言った。隼人が、緊急な用件で立ち寄ったとみたようだ。

「いや、歩きながら話そう。おれも、御番所《ごばんしょ》に顔を出すつもりだ」

隼人が言った。朝から、天野家に上がって話すわけにはいかなかったのだ。

「そうですか」

天野もすぐに承知し、隼人といっしょに歩きだした。

八丁堀の組屋敷のつづく通りを歩きながら、

「実は、昨日、酒井に襲われたのだ」

隼人がそう切り出し、小柳のお勝から話を聞いたことや阿部川町の酒井の住む借家を探った後、襲われたことなどを話した。

「さすが、長月さん、打つ手が早い」

天野が感心したように言った。

すでに、隼人は天野に、伊那吉の隠れ家を襲い、伊那吉が自害したことなどを話してあったのだ。

「それがな、せっかく酒井の塒をつきとめたのだが、逃げられたのだ。これで、酒井は姿を消してしまうだろうな」

「……」

天野は無言でうなずいた。

「残る手は、ひとつしかない」

隼人が声をあらためて言った。

「どんな手です」

「彦兵衛の隠れ家を探し出すことだ」

隼人が、彦兵衛の隠れ家は浅草寺近くにある料理屋で、お京もそこに身を隠しているらしいことを言い添えた。

「浅草寺界隈《かいわい》の料理屋を虱潰《しらみつぶ》しにあたるしかないが、時間をかけるわけにはいかない。彦兵衛は、伊那吉が殺され、酒井の隠れ家が町方に見つかったことも知っただろう。うかうかしていると、自分の身にも町方の手が迫ってくるとみているはずだ」

「そうでしょうね」

天野が顔をけわしくして言った。

「大勢の手先を浅草寺界隈にむけ、一気に彦兵衛の隠れ家をつかみたいのだ。……しかも、彦兵衛たちには気付かれないようにしなければ、逃げられる」

「むずかしいですね」

「それでな、今日のうちにも、夜盗が浅草寺界隈の料理屋で押し込みの相談をしたという噂《うわさ》を流し、町方がその聞き込みにまわっているようにみせかけるのだ」

「いい手ですね」

天野が勢い込んで言った。

「柴崎の手も借りよう」

「わたしから、柴崎さんには話しますよ」

「そうしてくれ。手先たちには、彦兵衛やお京のことは話さず、盗人らしい連中が集まって相談した料理屋を探すように指示してくれ」

彦兵衛たちを欺くには、まず、手先からだ、と隼人は思った。

「承知しました」

「頼む」

そう言うと、隼人は足をとめた。

「長月さんは、これからどちらへ」

天野が訊いた。

「おれも、手先を集めて浅草にむかわせる」

隼人は、利助、綾次、繁吉、浅次郎、八吉の五人だけに、彦兵衛とお京の隠れている料理屋を探させようと思った。


隼人は、天野と別れた足で豆菊にむかった。

豆菊には、利助、綾次、八吉の三人がいた。隼人は利助と綾次を本所と深川に走らせ、繁吉と浅次郎を呼んだ。

その日の夕方、豆菊に繁吉と浅次郎が顔を出した。

隼人は五人を小座敷に集め、天野と柴崎が手先を使って、夜盗が浅草寺界隈で押し

込みの相談をしたという噂を流すことを話し、

「おれたちは、ひそかに彦兵衛とお京の隠れ家をつかむのだ」

と、五人に目をやって言った。

「分かりやした」

利助が緊張した面持《おもも》ちで言った。

「名のある料理屋や料理茶屋ではあるまい。彦兵衛が、隠れ蓑《みの》にしている料理屋だからな。……あまり目立たない店で、年寄りのあるじか隠居のいる店だ。それに、年寄りには年増《としま》がついているはずだ。……彦兵衛とお京の名は出さない方がいいな。おそらく、ふたりとも別の名を使っているだろう」

それだけ言って、隼人が口をつぐむと、

「旦那は、浅草寺界隈に顔を出さない方がいいですぜ。旦那の顔を知っているやつがいるかもしれねえ」

と、八吉が言った。

「そうしよう」

隼人が、苦笑いを浮かべてうなずいた。

翌日から、八吉、利助、綾次、繁吉、浅次郎の五人が、浅草にむかった。一方、隼人は、奉行所に出仕した後、豆菊に来て八吉たちがもどるのを待った。

八吉たちが浅草寺界隈の探索を始めて四日目だった。暮れ六ツ（午後六時）ちかくなって豆菊にもどってきた八吉が、

「旦那、それらしい店をみつけやしたぜ」

と、低い声で言った。いつになく、八吉の顔がひきしまり、双眸が強いひかりを宿していた。鉤縄《かぎなわ》の八吉らしい凄《すご》みのある顔である。

「店の名は、吉川屋《きちかわや》。東仲《ひがしなか》町にある店でさァ」

吉川屋は、表通りから路地に入ったところにあり、浅草寺界隈にある料理屋のなかではちいさな店だという。

「店のあるじは？」

隼人が訊いた。

「益右衛門《ますえもん》という名で、四十がらみだそうでさァ」

「すると、益右衛門が彦兵衛ではないな」

彦兵衛は老齢だと聞いていた。

「ただ、吉川屋には離れがありやしてね。そこに、隠居が住んでるそうでさァ」

「お京らしい年増もいるのか」

すぐに、隼人が訊いた。

「へい、その隠居の世話をしているのが、年増だそうで」

「まちがいない。……吉川屋が、彦兵衛の隠れ家だ」

「それに、もうひとつ気になることを耳にしやした」

八吉が言った。

「気になるとは？」

「ちかごろ、その離れに牢人が出入りしているらしいんでさァ」

「酒井か！」

思わず、隼人が声を上げた。

「へい、酒井が阿部川町の借家から出て、彦兵衛の許《もと》に転がり込んだようで」

「それに、酒井は彦兵衛の用心棒役かもしれんぞ」

「あっしもそうみやした」

「よし、吉川屋を襲って彦兵衛たちを捕ろう」

「いつやりやす」

八吉が訊いた。

「早い方がいいが……。彦兵衛のことだ、町方に襲われたときの逃げ道も考えているかもしれんな」

隼人は慎重にやろうと思った。

「八吉、隠居所にいる彦兵衛の様子を知っている者はいないか」

「話を聞くなら通いの女中か、下働きの者か。それに、店に出入りしている魚屋あたりかと……」

「女中か下働きの者がいいな」

「あっしが、近所で訊いてみやしょう」

「明日は、おれも行く」

隼人は、吉川屋に近付かなければ、彦兵衛やお京に知れることはあるまい、と思った。

4

「旦那、お峰《みね》という女中が通いだそうですぜ」

八吉が、隼人のそばに来て言った。

隼人と八吉は、東仲町の路地にいた。そこは、吉川屋のある路地である。八吉が路地沿いにある小間物屋のあるじから、吉川屋の奉公人のことを聞いてきたのだ。

「お峰は、店に入ったのか」

四ツ（午前十時）ごろだった。通いの女中も店に入るころではあるまいか。

「小間物屋のあるじは、お峰が店に入るのは、四ツ過ぎだと言ってやした。……お峰は、この路地を通るそうでさァ」

「どんな女か分かるのか」

「風呂敷包みを持ってることが多いそうで……。色白で、小太りだと言ってやした」

「しばらく、待ってみるか」

「へい」

隼人と八吉は路傍に身を寄せ、目立たないように店屋の角に立った。

ふたりが、その場に立っていっときしたとき、

「旦那、あの女かもしれやせん。あっしが、訊いてきやしょう」

と言って、八吉がその場を離れた。

小太りの女が、下駄を鳴らして歩いてくる。胸に風呂敷包みをかかえていた。年配だった。四十ちかいのかもしれない。

八吉は女と言葉を交わしていたが、すぐに女を連れてきた。

「旦那、お峰さんですぜ」

八吉が小声で言った。

「お峰さんは、吉川屋に勤めているそうだな」

隼人が訊いた。

「は、はい」

お峰は不安そうな顔をした。いきなり、呼び止められ、御家人ふうの武士の前に連れてこられたからであろう。

「実はな、お峰さんに訊きたいことがあるのだ。……世話になった方を、吉川屋にお連れしようと思っているのだが、その方は年寄りでな。静かなところが、お好みなのだ。聞くところによると、吉川屋には離れがあるそうではないか」

隼人がもっともらしく言った。

「離れはあるけど、お客さんは入れないんですよ」

お峰が言いにくそうな顔をした。

「客を入れないのか。……何のための離れだ」

隼人は、首をひねって見せた。

「ご隠居が、暮らしているんです」

「隠居の離れか」

隼人が驚いたような顔をした。

「ええ……」

「すると、店のあるじの親が、ひとりでそこに住んでいるのだな」

「旦那さんの親じゃァないんですよ。……旦那さんは、店をまかせされているようですけど、雇い人ですよ」

「すると、隠居といっても、店のあるじのようなものだな」

「まァ、そうですけど……。ご隠居さん、店のことには一切口を出さないんですよ」

「いずれにしても、隠居はひとりで住んでいるのだな」

隼人は、お京のことも聞き出そうと思った。

「それが、ひとりじゃァないんです。おせんさんという娘さんといっしょですよ」

お峰が急に声をひそめて言った。

「なに、隠居の身で若い女といっしょか」

隼人が、驚いたような顔をしてみせた。内心、おせんという女が、お京だろうと思った。

「ほんとの娘さんですよ。御隠居のお子さん。もう、年増ですけどね」

「隠居の子供か。……その娘さんだが、折り紙が好きではないか。いや、古川屋には、折鶴の好きな娘さんがいると聞いた覚えがあるのだ」
　隼人は、お京が折鶴を殺しの道具に使うようになったのは、何か特別な理由がある
ような気がしていた。
「おせんさんですよ。……折鶴が好きというわけじゃァないんです。とても、悲しい
話がありましてね」
　お峰が急に涙ぐんだ。
「悲しい話とは」
　隼人がお峰に身を寄せて訊いた。
「三年ほど前だと聞きましたけど……。まだ、おせんさんが、隠居所に来られる前の
ことです。……おせんさんには、ご亭主の政次《まさじ》さんと四つになるお満《みつ》ちゃんという女
の子がいたんです。おせんさん、お満ちゃんを可愛がっていましてね。お満ちゃんは
折り紙の好きな子で、おせんさんは、よく折鶴を折ってやったそうですよ」
　そこまで話すと、お峰は急に話をやめて洟《はな》をすすり上げた。
「それで、どうした」
　隼人が話の先をうながした。
「政次さんが、ならず者に襲われて殺されたそうです。……そ、そのとき、お満ちゃ

んも巻き添えを食っていっしょに……」

お峰は、ウウウッ、と嗚咽《おえつ》を堪《こら》えるような音を洩らした。涙もろい女である。

「それで、いまでも折鶴を折っているのか」

「そ、そうなんです。お満ちゃんのことを、思い出してるかもしれないねえ」

お峰が、また洟をすすり上げた。

「うむ……」

その折鶴を殺しの道具に使っているのだから、鶴を折るのは娘恋しさのせいではないだろう。

「ところで、離れに住んでいる隠居やおせんは、どこから出入りしているのだ。客と同じように料理屋の玄関から出入りしているのか」

隼人は、離れに出入りできる場所を訊いたのだ。

「店のなかは、通りませんよ。離れの裏手に出入り口がありますし、店の脇からも出入りできますから」

そう言って、お峰は訝《いぶか》しそうな顔をして隼人を見た。客とはかかわりのないようなことまで訊くので、隼人に不審を持ったのだろう。

隼人は、酒井のことも訊こうと思っていたがやめて、

「そういうことなら、離れはやめて、表の店で飲むことにしよう。明日《あす》か明後日《あさって》か、あらためて店に来るからよろしくな」

隼人はそう言って、お峰から離れた。

隼人の後をついてきた八吉が、

「旦那、うまく聞き出しやしたね」

と、感心したように言った。

「だいぶ、様子が知れたな。踏み込むのは、明日か明後日か……」

そうつぶやいて、吉川屋のある方に目をやった。

5

上空に、弦月《げんげつ》がかがやいていた。満天の星である。

暁《あけ》七ツ（午前四時）前だった。南茅場町の大番屋の前に、二十数人の男たちの姿があった。隼人、天野、柴崎の三人の他に、捕方たちが集まっていた。捕方たちのなかには、繁吉と浅次郎の姿もある。

隼人と八吉とで、東仲町の吉川屋の様子を探った二日後だった。

隼人は東仲町から帰った後、天野と相談し、柴崎の手も借りて吉川屋の離れを襲い、彦兵衛、お京、酒井の三人を捕らえるつもりだった。その後の利助たちの聞き込みで、酒井も隠居所にいるらしいと分かったのである。

隼人たちは、彦兵衛や吉川屋の者が眠っている払暁《ふつぎょう》を狙って、隠居所に踏み込むことにしていた。日中も夜も、吉川屋には奉公人や客がいて騒ぎが大きくなり、肝心の彦兵衛やお京を取り逃がす恐れがあったからである。

隼人が天野と柴崎に声をかけた。

「そろそろ行くか」

「はい」

天野と柴崎が応《こた》えた。ふたりとも、ひきしまった顔をしていた。いよいよ殺し屋の元締めの彦兵衛、殺し屋のお京、酒井の三人を捕らえるときが来たのである。

天野と柴崎たちが、それぞれ手先たちに声をかけ、大番屋の裏手にむかった。裏手の日本橋川の桟橋に、隼人たちの使う三艘《そう》の猪牙舟《ちょきぶね》が舫《もや》ってあった。

隼人たちは浅草まで舟で行くことにし、昨日のうちに三艘調達しておいたのだ。八丁堀から浅草まで歩けばかなりあるが、舟を使えばすぐである。日本橋川を下り、大川に出て遡《さかのぼ》れば、浅草までそれほどの時間はかからない。

隼人たちは、駒形堂の近くの桟橋に舟をとめ、浅草東仲町へむかうことにしてあった。船頭は繁吉、それに捕方のなかで舟を扱った経験のある者を選んである。

隼人たちは、三艘の舟に分乗した。隼人が乗ったのは、繁吉の漕ぐ舟である。

「舟を出しやすぜ」

繁吉が声をかけ、船縁《ふなべり》を桟橋から離した。

他の二艘も、繁吉の漕ぐ舟につづいて日本橋川を下った。

三艘の舟が、駒形町の桟橋に船縁を寄せると、桟橋で待っていた綾次と、天野が使っている小者の与之助が近付いてきた。ふたりは、昨日のうちに東仲町に来て、吉川屋を見張っていたのだ。ふたりだけではない。利助も見張っているはずだった。ここにいないのは、いまも吉川屋を見張っているからであろう。

隼人は桟橋に下り立つと、

「どうだ、変わりないか」

綾次たちに訊いた。

「変わりありやせん。彦兵衛たちは、隠居所にいやす」

綾次が昂《たかぶ》った声で言った。顔がこわばり、目が赤くなっていた。昨夜から眠っていないせいらしい。

「よし、行こう」

隼人たちが、桟橋に集まっている大野や捕方たちに声をかけた。

「こっちで」

綾次と与之助が、先に立った。

隼人たちは、浅草寺の門前通りを横切り、三間町の道筋を西にむかった。浅草の町筋はまだ夜の静寂《しじま》につつまれていた。人影はなく、通り沿いの店は表戸をしめ、ひっそりと寝静まっている。

東の空は、茜色に染まっていた。そろそろ払暁である。上空は濃い藍色《あいいろ》がうすらぎ、青色に変わってきた。星の瞬《またた》きもひかりを失っている。町筋もほんのりと白み、家々がその輪郭をあらわし、色彩を取り戻し始めていた。

隼人たちは大きな通りに突き当たると、右手におれた。西仲町を経て、東仲町に入ったところで、

「この先です」

綾次が言って、左手の路地に入った。

吉川屋は、すぐ先である。いっとき歩くと、路地沿いの店屋の向こうに二階建ての吉川屋が、淡い夜陰のなかに黒く浮き上がったように見えてきた。

吉川屋が前方に迫ってきたところで、綾次が足をとめた。

路地の先に、何人かの人影が見えた。三人である。吉川屋を見張っていた手先たちだった。利助の姿もあった。手先たちが、隼人たちの姿を目にして知らせに来たらしい。

「何か動きがあったか」

隼人が、利助に訊いた。

「やつら、眠っていやす」

利助によると、吉川屋も裏手の隠居所も夜陰につつまれ、人声や物音は聞こえないという。

「天野、柴崎、来てくれ」

隼人が、ふたりに声をかけた。今後の手筈《てはず》を確認するのである。

柴崎隊が、表から吉川屋の出入り口をかため、隼人と天野隊が、隠居所を襲う手筈になっていた。隼人と天野は店の脇と裏手から入り、隠居所を取り囲んでから踏み込むつもりだった。

一方、柴崎隊は吉川屋の出入り口をかため、店から飛び出してくる者がいれば取り押さえることになっていた。

「柴崎、店を頼むぞ」

隼人は柴崎に声をかけた。

「承知」

柴崎がうなずいた。

「天野、踏み込むぞ」

隼人は天野の捕方を連れ、柴崎たちより先に吉川屋の店先に近付いた。

店先に来ると、天野が、

「われらは、そこから」

そう言って、十人ほどの手先を連れて吉川屋の脇から進入した。一隊は音をたてないように忍び足で奥にむかった。

「長月の旦那、こっちで」

利助が先にたった。

隼人たちが、利助につづいた。総勢、十二人である。隼人と利助たちが五人、それに町奉行所に勤める中間《ちゆうげん》や小者たちだった。

隼人たちは、吉川屋の脇の路地をたどって裏手にまわった。裏手には、板塀がまわしてあった。隠居所の脇近くまで行くと、簡素な門があった。門といっても丸太を二本立てただけで門扉はなく、自由に出入りできるようになっている。店の表から入れない下働きの者や店の奉公人などが出入りする場所であろう。

「入りやすぜ」

利助が先に立った。

6

隼人たちは足音を忍ばせて、隠居所の戸口にむかった。

隠居所は、淡い夜陰につつまれていた。隠居所のまわりには、松、高野槙《こうやまき》、山紅葉《やまもみじ》などの植木が枝葉を茂らせ、闇を深くしていた。隠居所から洩《も》れてくる灯《ひ》はなく、夜の静寂《しじま》におおわれている。

隼人たちは、隠居所の戸口に忍び寄った。格子戸になっている。左手には、縁側があった。

「裏手は？」

隼人が、利助に小声で訊いた。

「背戸《せど》があると思いやすが、裏手には板塀がまわしてありやす」

「そうか」

背戸から出ても、表にまわって木戸門から外に出るしかないらしい。

隼人たちがその場に集まって間もなく、天野が捕方を連れて戸口に姿を見せた。隼人は天野と相談し、念のために数人の捕方を裏手にまわすことにした。

天野は年配の佐吉《さきち》という岡っ引きに、四人連れて裏手にまわるよう指示した。

佐吉たちがその場を離れると、

「そろそろ仕掛けるか」

隼人が東の空に目をやって言った。

陽の色が見え、上空は青さを増していた。隠居所の戸口の闇も薄れ、格子戸もはっきり見えるようになっていた。

「戸をあけろ」

隼人が小声で指示した。

利助と綾次で戸口に近付き、格子戸を引いた。

「あきやせん」

利助が言った。心張《しんば》り棒がかってあるらしい。

「ぶち破れ！」

隼人が、後ろにいる捕方たちに目をやって言った。

「へい」

ふたりのがっちりした体躯《たいく》の捕方が、格子戸に近付いた。ひとりが鉈《なた》を手にしている。こんなこともあろうかと、戸を打ち破るために持参したらしい。

バキッ、という大きな音がし、格子が砕け散った。二度、鉈をふるうと大きな穴があき、もうひとりの捕方が、手を入れて心張り棒をはずした。

格子戸は、すぐにあいた。敷居につづいて土間があり、土間の先が狭い板間になっていた。板間の奥が座敷になっているらしく、障子が立ててあった。

隼人が踏み込み、天野や捕方たちがつづいた。

障子の向こうで夜具を撥《は》ね除《の》けるような音がし、男の怒声が聞こえた。格子戸を破る音で、目を覚ましたのであろう。

隼人は兼定《かねさだ》を抜き、板間に踏み込んだ。

「踏み込め！」

天野が叫んだ。

御用！

御用！

と、捕方たちが声を上げた。板間に踏み込んだ捕方たちの足音がひびき、家のなかは騒然となった。

　そのとき、障子があいた。姿を見せたのは、ふたりの男だった。ふたりとも、寝間《ねま》着《き》姿である。ひとりは、総髪で大刀を引っ提げていた。もうひとりは、若い男で町人ふうだった。

「酒井か！」

　隼人が声を上げた。総髪の男は酒井である。

もうひとりは、初めて目にする男だった。彦兵衛の世話をしている店の若い衆《し》かもしれない。恐怖に顔をひき攣《つ》らせて、隼人たちを見ている。

「六助《ろくすけ》、隠居に知らせろ！」

　酒井が怒鳴った。

「へ、へい」

六助と呼ばれた男は、よろめくような足取りで右手にむかった。廊下がある。奥で寝ている彦兵衛とお京に知らせに行ったらしい。

「天野、やつを追え！」

　隼人が叫んだ。

　天野は、まわりにいた捕方たちに、

「おれにつづけ！」

と声をかけ、六助の後を追った。

十余人の捕方が、天野につづいて廊下へ飛び出した。

隼人は座敷にとどまっている酒井に目をむけ、

「酒井、阿部川町の決着をつけようぞ」

と、声をかけた。手にした兼定は、まだ刀身を下げたままである。

酒井は寝間着の裾を帯に挟むと、手にした刀を抜き、鞘を足元に落とした。

「いいだろう」

「ここは、狭い。表に出ろ」

板間では、刀をふるう間がなかった。それに、振り上げれば、鴨居《かもい》に斬りつけることになる。

隼人は酒井に体をむけたまま後じさり、土間へ下りると、敷居をまたいだ。酒井も、隼人につづいて土間から外に出た。

まだ、陽の色はなかったが、屋外は明るくなっていた。隼人と酒井は、戸口の近くで相対した。利助や八吉たち五人は隼人のそばに残り、こわばった顔で対峙《たいじ》した隼人と酒井を見つめている。

隼人と酒井の間合は、およそ四間――。まだ、ふたりとも刀を構えていなかった。

「酒井、いつから殺し屋になった」

隼人が訊いた。

「三、四年前かな」

酒井がくぐもった声で言った。切っ先のような双眸が、隼人を見すえている。

「何流を遣《つか》う」

「馬庭念流《まにわねんりゅう》……。もっとも、上州を離れて十年ほども経《た》つ。いまは、ひとを斬って身につけた酒井流といっていいな」

そう言って、酒井はゆっくりと八相に構えた。

「おれは、直心陰流《じきしんかげりゅう》を遣う」

言いざま、隼人は青眼《せいがん》に構えた。

7

隠居所の奥の寝間にいたお京は、戸口の格子戸を破る激しい音で目を覚ました。つづいて表の方で、御用！　御用！　という捕方の声がした。

……捕方が踏み込んできた！

お京は夜具を撥ね除け、身を起こした。

寝間着の乱れた襟元を急いで直し、座敷の隅の小簞笥《こだんす》の上に置いてあった匕首《あいくち》を手にした。

ドカドカ、と廊下を踏む大勢の足音が聞こえた。捕方たちが、奥へ踏み込んでくるようだ。

……おとっつァんを、逃がさなければ！

お京は廊下に飛び出すと、隣の部屋の障子をあけた。

薄暗い部屋のなかで、人影が動いていた。彦兵衛も、表の物音を聞いて目を覚まし、起き上がったらしい。

「おとっつァん、逃げておくれ！」

お京が叫んだ。

「おめえも、いっしょだ！」

彦兵衛はよろめくような足取りで、廊下まで出てきた。右手に匕首を持っている。その手が震え、薄闇を搔《か》きまわすように青白くひかっている。

彦兵衛は、ひどく痩せていた。頰に刃物の傷痕《きずあと》があった。頰骨が突き出し、顎がとがっている。髷《まげ》や鬢《びん》は白髪だった。乱れた髪が、頰や額に垂れ下がっていた。ギョロリとした目が、異様にひかっている。

そのとき、廊下の先に捕方たちの姿が見えた。大勢だった。手に手に、十手を持っている。八丁堀同心の姿もあった。

「いたぞ！」

「ふたりだ！」

捕方たちが声を上げた。

彦兵衛は廊下のなかほどに立ち、

「お京、逃げろ！」

と、鋭い声で言った。

「おとっつァんが、先に逃げて！」

お京が、必死の形相で叫んだ。

「おめえは、逃げろ！　どうせ、おれの命は長くねえ」

捕方が迫ってきた。十余人はいようか――。

「……！」

お京は、ひき攣ったような顔をして息を呑《の》んだ。

「行くんだ！　お京」

叫びざま、彦兵衛は寝間着の裾を後ろ帯に挟み、

「鬼夜叉《おにやしゃ》のいい死に場所だぜ」

と、つぶやき、匕首を前に突き出すように構えた。老いた体に覇気《はき》が生じ、双眸が爛々《らんらん》とひかっている。

お京は、よろめくような足取りで裏手の台所の方に走った。

「来やがれ！　ここは、ひとりも通さねえぜ」

お京の背後で、彦兵衛の叫び声がひびいた。

お京は、廊下のつづきの板間から台所へ飛び下りた。辺りに人影はない。お京は背戸から家の外に出て、樹陰をたどって木戸門から路地へ逃げるつもりだった。

背戸まで来たとき、お京は板戸の向こうにひとの気配がするのを感じとった。

……だれかいる！

お京は、捕方が裏手もかためているのを察知した。

だが、彦兵衛の闘っている廊下にもどることはできなかった。

お京は、裏から逃げるしかない、と思い、匕首を握りなおし、引き戸をあけて外に飛び出した。

「女だ！」

背戸のそばにいた捕方のひとりが叫んだ。

お京は捕方にはかまわず、左手の山紅葉の幹の脇に飛び込むような勢いで、走り込んだ。女とは思えないすばやい動きである。

「女を逃がすな！」

叫んだのは、佐吉だった。

数人の捕方が、後を追ってきた。お京は振り返りもせず、庭木の幹の隙間をすり抜けながら裏手の木戸門の方へ逃げた。

お京の頭のどこかに、狭い木の間ならひとりしか追ってこられないという読みがあったのだ。

お京の後ろに迫ってきたのは、小柄な捕方だった。動きが敏捷《びんしょう》である。しだいに、お京に近付いてきた。小柄な男の背後からも捕方が追ってくるが、すこし間がひらいている。

……このままでは、追いつかれる！

と、みたお京は、ふいに足をとめて反転した。

そのとき、ちょうど木の幹の間をすり抜けた男は、目の前に立ったお京を見て、ギヨッ、としたように立ち竦《すく》んだ。

「死ね！」

お京が声を上げ、匕首を横に払った。殺し屋として、匕首でひとを殺《あや》めてきたお京のすばやい一颯《いっさつ》だった。

だが、切っ先は捕方の右腕を斬り裂き、首をとらえられなかった。お京も、平静さを失っていたのである。

ギャッ！　と悲鳴を上げ、捕方は右腕を押さえて後ろへ逃げた。捕方の右腕が、血に染まっている。

お京は、男にかまわず反転して走りだした。

小柄な男は追ってこなかった。後続の捕方が追ってきたが、お京との間はだいぶひらいた。

……逃げられる！

お京は、荒い息を吐きながら思った。

お京は、裏手の木戸門まで来ると、捕り方がいないのを見てから路地に走り出た。

お京は店のある表にはむかわず、小径《こみち》をたどって裏路地に走り込んだ。

8

隼人は酒井と対峙していた。ふたりの間合は、およそ四間──。隼人は青眼、酒井は八相である。

ふたりは、対峙したまま動かなかった。ふたりの刀身が、早朝の大気のなかでにぶい白光をはなっている。

……真っ向への斬撃を受けると、体勢をくずされる。

と、隼人はみていた。

酒井の八相からの斬撃は剛剣だった。受けずに、かわすしか手はない。

「いくぞ」

酒井が足裏を摺るようにして間合をせばめ始めた。

隼人は動かなかった。気を鎮めて、酒井との間合と斬撃の起こりを読んでいる。間合がせばまるにつれて、酒井の全身に気勢が満ち、斬撃の気配が高まってきた。酒井の八相の構えには、巨岩が迫ってくるような威圧感があった。

だが、隼人は動じなかった。切っ先をぴたりと酒井の目線につけている。

一足一刀の斬撃の間境まで半間——。

……あと、一歩！

と、隼人は感知したとき、ツッ、と切っ先を突き出した。頭のどこかで、間合に入られたら遅いと感じ、その直前に仕掛けたのだ。

酒井が反応した。隼人が、突きをはなったとみたのだ。

イヤアッ！

裂帛《れっぱく》の気合を発し、酒井が斬り込んできた。

八相から真っ向へ――。

刃唸りをたてて、切っ先が隼人の頭に振り下ろされた。

刹那《せつな》、隼人は体《たい》を引いた。神速の反応である。

酒井の切っ先が、隼人の鼻先をかすめて空を切った。一寸の見切りである。

間髪をいれず、隼人は後ろに跳びざま、刀身を横に払った。次の瞬間、酒井も後ろに跳んだが、間に合わなかった。

酒井の右の前腕が裂けた。隼人の切っ先が真っ向へ振り下ろされ、前に伸びた酒井の右腕をとらえたのである。

隼人と酒井は、ふたたび青眼と八相に構え合った。

酒井の右腕から血が噴き、腕を赤い布でつつむように染めていく。酒井の八相に構えた刀身が、小刻みに震えている。腕を斬られ、肩に力が入っているのだ。腰も浮いていた。八相の構えがくずれている。

「酒井、勝負あったな」

隼人が言った。

「お、おのれ！」

酒井の顔が憤怒《ふんぬ》にゆがんだ。目をつり上げ、歯を剝《む》き出している。酒井は腕を斬られたことで平静さを失っていた。

ふいに、酒井が間合をつめてきた。気攻《きぜ》めも牽制《けんせい》もなかった。速い摺り足で、一気に斬撃の間境に迫ってくる。

隼人は気を鎮めて酒井との間合を読んだ。

酒井が斬撃の間境に一歩のところに迫ったとき、
タアッ！

隼人が鋭い気合を発し、切っ先を突き出した。斬撃の起こりを見せたのである。

イヤアッ！

甲走《かんばし》った気合を発し、酒井が斬り込んできた。

八相から真っ向へ――。

たたきつけるような剛剣だが、迅《はや》さと鋭さがなかった。

隼人は、右手に体《たい》をひらいて酒井の斬撃をかわしざま、刀身を逆袈裟に斬り上げた。

一瞬の太刀捌きである。

隼人の切っ先が、酒井の首筋をとらえた。

ビュッ、と酒井の首筋から血が赤い筋を引いて飛んだ。

酒井は、勢いあまって前によろめいた。首筋から血飛沫《ちしぶき》が驟雨《しゅうう》のように飛び散っている。足がとまると、酒井は反転しようとした。だが、体が大きく揺れ、腰からくずれるように転倒した。

酒井は地面に俯《うつぶ》せに横たわった。四肢を痙攣《けいれん》させていたが、頭を擡《もた》げようともしなかった。首筋から噴出した血が地面を打ち、妙に生々しい音をたてている。

隼人は横たわった酒井の脇に立つと、大きく息を吐いた。しだいに、気の昂りが鎮まり、体のなかの血の滾《たぎ》りが治まってきた。

「旦那ァ!」

利助が声を上げ、八吉たちといっしょに走り寄ってきた。

「すげえや!」

綾次が、血塗《ちまみ》れになって倒れている酒井に目をやって言った。利助や繁吉たちも息をつめて凄絶《せいぜつ》な死体に目をむけている。

そこへ、天野が捕らえた六助を連れて、捕方たちと姿をあらわした。

「彦兵衛とお京は、どうした」

隼人が天野に訊いた。

「彦兵衛は自害しました」

天野によると、彦兵衛は廊下で捕方たちに立ち向かい、匕首をふるって激しく抵抗したが老体の上に病身だったため、すぐに息が切れてまともに立っていられなくなった。すると、彦兵衛は己の手にした匕首で喉を掻き切って果てたという。

「覚悟の自害だったようです」

天野が低い声で言った。

「お京は？」

隼人が訊いた。

「背戸から、裏に飛び出しました。裏手をかためていた佐吉たちが、追っているはずですが……」

「まだ、もどってこないのだな」

天野によると、裏手を覗いてみたが、佐吉たちの姿は見えなかったという。

「はい」

「ここで、待つしかないな」

隼人たちは、戸口のまわりに集まって。佐吉たちがもどるのを待った。

それからいっときし、佐吉たちが家の脇から姿をあらわした。お京は連れていなかった。いずれの顔にも、疲れと落胆の色がある。

「佐吉、お京はどうした」

天野が訊いた。

「……申し訳ねえ。お京は逃げられやした」

崎吉が、肩を落として言った。

佐吉たちの話によると、背戸から飛び出したお京は、裏手の木戸の方へ逃げたという。すぐに後を追った捕方のひとりが、お京の匕首に右手を切られ、怯《ひる》んだ隙にお京は庭木の間を縫うように逃げた。捕方たちは後を追ったが、庭木の葉叢《はむら》でお京の姿が見えなくなったこともあり、捕らえることができなかったという。

「しかたあるまい」

隼人は、裏手の捕方を多くし、木戸門もかためておけばよかったと思ったが、後の祭りである。

それから、吉川屋の周囲をかためていた柴崎たちが、あるじの益右衛門を連れて隠居所の前に姿を見せた。柴崎によると、益右衛門が逃げようとしたので捕らえたという。

「八丁堀にもどるぞ」

隼人が集まった捕方たちに声をかけた。

隼人たちは、捕らえた六助と益右衛門を南茅場町の大番屋まで連行した。ふたりは彦兵衛の子分のような立場で、彦兵衛だけでなくお京も匿《かくま》っていたのではないかとみたのである。

第六章　鶴の死

1

「旦那さま、今日も遅いんですか」

おたえが、隼人の背後から羽織を着せかけながら訊《き》いた。

隼人は、登太に髷《まげ》をあたらせた後、座敷にもどり出仕するための支度をしていたのである。

ちかごろ、隼人の帰りの遅い日が多く、家にもどらない日さえあったので、おたえは不安な夜を過ごしていたようだ。

「いや、今日は早く帰る。……事件も、片が付きそうだからな」

隼人が言った。

「よかった」

おたえは、隼人の肩先に頬《ほお》を寄せて言った。

「菊太郎は？」

隼人が訊いた。菊太郎の声が聞こえなかった。

「朝餉《あさげ》の後、眠ってしまったんですよ。……いま、義母上《ははうえ》に見てもらっています」

「そうか。夜も、眠ってくれるといいな。そうすれば、今夜……」

そう言って、隼人は、スルリとおたえの尻《しり》を撫《な》でた。

「嫌ですよ。朝から……」

おたえは、身を引かずに笑みを浮かべている。

……ちかごろ、房事《ぼうじ》も大胆になったな。

おたえは、菊太郎を産んで母親になってから急に強くなったようだ。隼人との閨事《ねやごと》も、大胆になっている。

隼人は苦笑いを浮かべながら、油断すると、おれも尻に敷かれるぞ、と胸の内でつぶやいた。

そのとき、戸口で隼人を呼ぶ庄助の声が聞こえた。だれか来たらしい。

隼人は刀掛にあった兼定《かねさだ》を手にすると、急いで戸口にむかった。おたえが慌てた様子でついてきた。

「どうした、庄助」

隼人は兼定を腰に帯びながら訊いた。

「利助さんが、みえてやす」

庄助が言った。挟み箱を手にしている。出仕するために、戸口で隼人を待っていたときに、利助が姿を見せたらしい。

「何かあったかな」

隼人はおたえに、行ってくるぞ、と厳《いか》めしい顔をして言い置き、戸口から出た。木戸門の脇で、利助が待っていた。隼人の姿を見ると、足早に近付いてきて、

「旦那、勢五郎が死にやしたぜ」

と、声をひそめて言った。

「倉島屋のあるじか」

「へい」

「殺されたのか」

隼人は、門の方に歩きながら訊いた。

「それが、首を吊《つ》ったらしいんでさァ」

利助が、知り合いのぼてふりから話を聞いて、隼人に知らせるために急いで来たことを言い添えた。

「行ってみるか」

隼人は、意外な気がした。勢五郎が自害するとは思ってもみなかったのだ。

「あっしも、お供しやす」

庄助が言った。

「いっしょに来るなら、挟み箱は置いてこい」

隼人が言うと、庄助は慌てて裏手の台所にまわった。挟み箱を置きに行ったようだ。

隼人は、利助と庄助を連れて倉島屋のある浅草に足をむけた。

浅草御門を経て、奥州街道をしばらく北にむかって歩くと、倉島屋が見えてきた。店はひらいていた。戸口に立っている岡《おか》っ引《ぴ》きと下っ引きらしい男の姿が見えた。

「旦那、今川町の親分も来てやすぜ」

利助が歩きながら言った。

倉島屋の戸口に、繁吉と浅次郎の姿があった。ふたりは、勢五郎が首を吊ったと耳にして駆け付けたようだ。

隼人たちが戸口に近付くと、繁吉がやってきて、

「天野の旦那も、みえてやす」

と、小声で伝えた。

「そうか」

隼人は店に入った。店内には、奉公人や岡っ引きらしい男が何人かいた。天野の姿はなかった。勢五郎が首を吊ったという土蔵にいるのかもしれない。

隼人は土間にいた手代《てだい》らしい男に、

「土蔵へ、案内してくれ」

と、声をかけた。番頭や長男の益太郎も、土蔵にいるのではないかとみたのである。

手代らしい男は、手代の忠次郎《ただじろう》と名乗ってから、

「こちらへ」

と言って、隼人たちを土間の隅の引き戸をあけて、外に連れ出した。そこは店の脇の板塀の内側で、土蔵まで店の脇を通って行けるようになっていた。

土蔵の前に、ひとだかりができていた。天野の姿はなかったが、店の奉公人たちに交じって、小者《こもの》の与之助や天野が手札を渡している岡っ引きの姿があった。

「旦那、綾次もいやすぜ」

利助が言った。綾次は、豆菊から直接倉島屋に来たらしい。

隼人たちが土蔵に近付くと、綾次が走り寄ってきて、天野や番頭などが土蔵のなかにいることを知らせた。

土蔵のなかは薄暗かったが、集まっている男たちの顔は識別できた。天野、番頭の盛造、それに長男の益太郎らしき男の姿があった。益太郎らしき男は、まだ若く二十二、三に見えた。痩身で、面長だった。横顔が勢五郎に似ている。

「長月さん、ここへ」

天野が隼人に声をかけた。

天野のそばに行くと、足元に勢五郎が仰向《あおむ》けに横たわっていた。顔が暗紫色《あんししょく》を帯び、薄目をひらいたまま死んでいた。首に赭黒《あかぐろ》い痣《あざ》がある。首をくくった痕《あと》であろう。勢五郎の顔の脇に、先が輪になった縄が置いてあった。首を吊った縄らしい。店の者か、検屍《けんし》にあたった天野がはずしたのであろう。

「縊死《いし》に、まちがいないな」

隼人が天野に小声で言った。

天野は、けわしい顔をしたままうなずいた。

隼人はこれ以上検屍をつづける必要はないとみて、盛造と益太郎らしき男から話を聞くことにした。ふたりを呼んで、若い男に益太郎かどうか訊くと、益太郎とのことだった。

隼人は、盛造たちも手先たちに取り囲まれたなかでは話しづらいだろうと思い、

「天野、土蔵のなかにいる手先たちを外に出してくれ」

と、頼んだ。手先たちは、土蔵のなかにいてもやることはないはずである。

天野はすぐに手先たちを土蔵の外に出し、店の奉公人や近所の者から聞き込むよう指示した。

隼人は益太郎と盛造を前にし、

「勢五郎の昨夜の様子を話してくれ」

と、小声で切り出した。

天野は土蔵にもどり、隼人の脇に立って話を聞いている。

「……ひ、ひどく、落ち込んだ様子で、夕餉《ゆうげ》もあまり食べませんでした」

益太郎の声は、震えていた。悲痛な顔をしている。

「何か、言ってなかったか」

さらに、隼人が訊いた。

「み、店のことは、頼むと、言いました」

益太郎の声が涙声になった。

「覚悟の自害か……」

隼人がそうつぶやいたとき、

「長月さま、お話がございます」

盛造が声を震わせて言った。

「なんだ」

「一昨日《おととい》の夜、あるじはてまえに、今度の件は、みんなわたしの一存でやったことで、店や益太郎には何のかかわりもない、と申されました。……長月さま、あるじはおひとりで罪を背負い、あの世に旅立ったのでございます」

盛造が、涙ながらに訴えた。

「そうかもしれんな」

勢五郎は、病身で先が長くないこともあって、盛造のいうように罪をひとりで背負うつもりで自害したのであろう。

……倉島屋の件は終わったな。

隼人は、胸の内でつぶやいた。

店を継ぐ益太郎や番頭の盛造に、罪を背負わせることもないだろう、と隼人は思った。

2

隼人は銚子《ちょうし》を手にすると、

「八吉、一杯やってくれ」

と言って、八吉の猪口《ちょこ》に酒をついでやった。

豆菊の小座敷だった。隼人、八吉、利助、綾次、繁吉、浅次郎の六人が集まっていた。

倉島屋の勢五郎が首を吊って死んでから、十日過ぎていた。隼人は、事件の片があらかた付いたので、慰労もかねて五人を集めて酒をふるまっていたのである。

「あっしは、足手纏《あしでまと》いになっただけで……」

八吉が、照れたような顔をして言った。

「何を言う。八吉がいなかったら、いまごろ、おれは殺し屋たちの手にかかり、あの世を彷徨《さまよ》っていたかもしれんぞ」

隼人は、此度《このたび》の件を解決できたのは八吉の力が大きかったとみていた。

「親分は、まだ隠居するような歳《とし》じゃァありませんや」

めずらしく、綾次が利助より先に口を挟んだ。

「もう、おれの出る幕はねえよ。……歳だし、利助と綾次にまかせておけゃァ、安心だからな」

　八吉が目を細めて言った。

「まだ、あっしらは駆け出しでさァ」

　利助が言うと、

「あっしも、まだ半人前で……」

　そう言って、綾次が首をすくめた。

「いや、利助も綾次も、頼りになるぞ」

　そう言って、隼人は利助と綾次の猪口に酒をついだ。隼人の胸の内には、今日は慰労のための席なので、すこし待ち上げてやろうという気もあったのだ。

「ヘッへへ……、それほどでもねえや」

　利助が首をすくめて言った。

　隼人が銚子を手にし、

「繁吉も、飲め」

　と言って、繁吉にも酒をついでやった。

「それにしても、恐ろしいやつらだったたな」

繁吉が、杯《さかずき》を手にしてつぶやいた。

「その恐ろしいやつが、まだ、ひとり残ってるぜ」

と、八吉。

「お京か」

隼人が、銚子を手にしたまま表情をけわしくした。

まだ、お京を捕らえていなかった。吉川屋で逃した後、お京の行方もつかんでいない。ただ、隼人は、お京がこれからも殺しに手を染めるとは思わなかった。お京が、女ながら殺し屋をやるようになったのは、父親の影響だろうとみていた。その父親が死に、仲間もいなくなったいま、お京がひとりで殺し屋をつづけていくとは思えなかったのである。

「お京は、どこにいるんですかね」

利助が、つぶやくような声で言った。

「どこにいるのか。……考えてみれば、お京も哀れな女だ。亭主と子供を失い、たったひとりの肉親だった父親も、死んだのだからな」

そのとき、隼人の脳裏に、菊太郎とおたえのことがよぎった。いつになく、菊太郎とおたえが自分にとって大事な存在であるように思えた。

「殺し屋もそうだが、殺しを頼んだ方も哀れな幕切れでさァ」

繁吉が、しんみりした口調で言った。

「あっしは、倉島屋の勢五郎が首を吊るとは思いませんでしたぜ」

利助が倉島屋のことを口にした。

「勢五郎は、店を守るためには、自害するしかないと思い込んだのだろうな。それに、勢五郎は、町方の手で捕らえられ、処罰されるのを恐れていたのかもしれん。……金を渡して殺しを頼んだことがはっきりすれば、捕らえられて首を落とされる、と思っていたのではないかな」

隼人も、捕らえた者たちの吟味から、勢五郎が殺しを彦兵衛に頼んだことがはっきりすれば、断罪もあるだろうとみていた。

「殺し屋も殺しを頼んだ方も、哀れな幕切れってことですかい」

繁吉が言った。

「まァ、そうだ」

次に口をひらく者がなく、男たちは黙したまま酒をかたむけていたが、

「旦那、お縄にした六助と益右衛門はどうなりやす」

と、利助が訊いた。

「いま、吟味方の与力が吟味しているが、益右衛門は彦兵衛が鬼夜叉《おにやしゃ》と呼ばれていたころからの子分だったらしいな」

隼人は、六助と益右衛門を捕らえて後、吟味方の与力より先に、ふたりから一通り話を聞いていたのだ。

六助は、彦兵衛が隠居所で自ら命を断ち、酒井が斬殺されたことを知ると、隠さずに話しだした。もっとも、六助は使い走りや彦兵衛の世話をやっていただけで、此度の件にはあまりかかわっていないようだった。

一方、益右衛門はなかなか口をひらかなかったが、彦兵衛と酒井が死に、六助も自白したことを知ると観念して話しだした。

益右衛門は、彦兵衛が殺し屋だったころからの子分だったらしいが、益右衛門は殺しの腕がなかったこともあって、殺しの手引や殺し屋の世話などをやっていたようだ。彦兵衛が歳を取り、自分では殺しに手を出さずに元締めをやるようになってからは、彦兵衛が居抜きで買い取った吉川屋を切り盛りするようになり、彦兵衛やお京の隠れ家を提供していたという。

「益右衛門の罪も、軽くはあるまい」

隼人が言い添えた。

益右衛門は彦兵衛の子分として、長い間殺しの片棒を担いできたのである。

「捕らえた権蔵や子分たちは、どうなりますかね」

利助が訊いた。

「まだ、吟味が終わっていないので、何とも言えないが、権蔵の罪は重いだろうな」

権蔵は政兵衛だけでなく、狭山や市造の殺しも依頼したのだ。それに、賭場《とば》をひらいていた罪もある。斬首はまぬがれないだろう。また、権蔵の子分たちも、相応の処罰を受けることになる、と隼人はみていた。

隼人の話が一段落したところで、

「お京は、江戸から逃げたかもしれねえ」

と、利助がつぶやくような声で言った。やはり、お京のことは気になっているらしい。

それから、隼人は半刻（一時間）ほど飲み、豆菊に何人かの客が入ってきたところで、

「さて、おれは帰るか」

と言って、腰を上げた。

「旦那、舟で送りやしょうか」

繁吉が立ち上がろうとしたが、

「いや、いい。繁吉たちは、ゆっくりやってくれ。……おれは、酔いを醒《さ》ましながら帰ろう」

隼人はそう言い置いて、ひとり豆菊を出た。

3

暮れ六ツ（午後六時）を過ぎていた。西の空には、黒ずんだ残照がひろがっている。町筋は夕闇に染まっていたが、まだ明るさが残っていた。歩くひとの顔が、妙にはっきり見える。逢魔《おうま》が時《とき》と呼ばれるころである。

隼人は日本橋の町筋を南にむかって歩いた。心地良い酔いが体をつつんでいる。秋の涼気をふくんだ微風が、隼人のほてった頬を撫でていく。

入堀にかかる道浄橋《どうじょう》を渡り、堀沿いの道をいっとき歩くと、前方に日本橋川にかかる江戸橋が見えてきた。その辺りは米河岸で、日中は大変な人出だが、夜陰につつまれているいまは、ひっそりとしていた。それでも人影はあり、酔客や夜鷹《よたか》そばなどが通り過ぎていく。

隼人は江戸橋を渡って、楓川《もみじがわ》沿いの通りに出た。前方左手に、楓川にかかる海賊橋が見えてきた。海賊橋を渡れば、八丁堀はすぐである。

頭上の月が皓々《こうこう》とかがやき、通りを淡い青磁色に照らしていた。月明かりで、提灯《ちょうちん》はなくとも歩くことができる。

海賊橋を渡って、大名屋敷の前にさしかかったときだった。隼人は、背後から近付いてくる下駄の音を聞いた。

振り返ると、女が半町ほど後から歩いてくる。手ぬぐいをかぶり、丸めた茣蓙《ごさ》を脇にかかえていた。

……夜鷹か。

女は、夜鷹の恰好《かっこう》をしていた。

そのとき、隼人の脳裏にお京のことがよぎった。お京かもしれない、と隼人は思い、あらためて後ろに目をやった。女は、すこし足を速めたように見えた。ただ、隼人はお京ひとりで襲うとは思えなかった。それに、ここは八丁堀近くである。

隼人は足を速めてみた。南茅場町の通りに入って後ろを振り返ると、女はほぼ同じ間隔を保ったまま歩いてくる。

……夜鷹ではない！

と、隼人は確信した。とすれば、お京しか考えられなかった。だが、辺りに仲間と思われる者の姿はなかった。お京ひとりである。

隼人は右手に折れて八丁堀の道筋に入った。後ろを振り返ると、お京はまだ跡を尾《つ》けてきた。そればかりか、お京はさらに足を速め、隼人との間がつまっていた。

隼人は足をとめて、体をお京にむけた。お京は、そのまま近付いてくる。

通りに人影はなく、夜の静寂《しじま》につつまれていた。お京の下駄の音だけがひびいている。

お京は、隼人と三間ほどの間をとって足をとめた。頭にかぶった手ぬぐいの間から、細い目がうすくひかっている。

「お京、江戸から逃げなかったのか」

隼人が訊いた。

「あたしに、逃げるところはないんですよ」

お京が抑揚のない低い声で言い、莫蓙を足元に落とした。そして、かぶっていた手ぬぐいをおもむろに取った。お京の顔が月光に照らされ、夜陰のなかに白く浮き上がったように見えた。お京のやつれた顔には、悽愴《せいそう》さがあった。目が異様なひかりを宿している。

「おれを尾けてきて、どうするつもりだ」

襲うつもりか——。それなら、物陰から襲うか、人混みにまぎれてふいをつくか、何か手があるはずである。

「旦那にお礼をしないと、あたしの気がすまないんですよ」

そう言って、お京は小袖《こそで》の袂《たもと》に左手をつっ込んだ。

手にしたのは、白い紙で折った鶴だった。それも、ふたつである。

「お京、鶴の目眩《めくら》ましはきかないぞ」

隼人は兼定を抜き、刀身を峰《みね》に返した。峰打ちで仕留め、お京を生け捕りにするつもりだった。

「分かってますよ。でもね、やっぱりこれを使いたいんですよ」

そう言うと、お京は左手を前に出し、ひとつの折鶴を手から離した。

折鶴は、わずかに風に流されただけで、地面に落ちた。

と、お京はもうひとつの折鶴を隼人の顔にむかって、スッと投げた。折鶴はお京にむけられていた隼人の視界を斜《ななめ》に横切った。

次の瞬間、お京が前に跳んだ。夜陰のなかに、お京の手にした匕首《あいくち》が月光を反射《はね》て、青白い閃光《せんこう》を曳《ひ》いた。

間髪をいれず、隼人は右手に跳びざま、刀身を横に払った。

一瞬の攻防だった。

お京の匕首は、隼人の肩先をかすめて空を切り、隼人の刀身はお京の袂を打って流れた。

ふたりは交差し、大きく間合を取って反転した。

ふたたび、お京は胸のあたりで匕首を構え、隼人は刀を峰に返したまま切っ先をお京の目線につけた。

「首を掻《か》き切ってやる！」

甲走《かんばし》った声を上げ、お京が迫ってきた。顔がこわばり、狂気を帯びたように目がつり上がっている。

お京は、手を伸ばせば匕首のとどく間合に迫るや否《いな》や仕掛けてきた。気合とも悲鳴ともつかぬ声を発し、手にした匕首を横に払った。

咄嗟《とっさ》に、隼人は右手に跳んで、お京の切っ先をかわすと、刀身を横一文字に払った。

一瞬の太刀《たち》捌《さば》きである。

皮肉を打つにぶい音がし、お京の上体が折れたようにかしいだ。隼人の峰打ちが、お京の腹をとらえたのだ。

お京は、喉のつまったような呻《うめ》き声を洩《き》らし、左手で腹を押さえてうずくまった。

苦しげに顔をゆがめている。

　隼人は、切っ先をお京にむけたままゆっくりと近付いた。

とそのとき、お京は手にした匕首で、己の胸を突き刺した。お京の胸から血が奔騰《ほんとう》した。心ノ臓を突き刺したらしい。

「お京！　死ぬつもりだったな」

　隼人は、前に倒れそうになったお京の肩を抱きかかえた。

「……ひ、ひとりでは、生きられないもの」

　お京が、声をつまらせながら言った。顔は血の気を失い、胸部が、噴出した血で真っ赤に染まっている。

「お京、しっかりしろ！」

「お、折鶴を、お満に……」

　お京が、足元に落ちている折鶴に手を伸ばした。摑《つか》もうとしている。

　隼人はすぐに折鶴を手にし、お京の手に握らせてやった。

　お京は折鶴を手にし、顔をやわらげたように見えたとき、がっくりと首が落ちた。

「死んだ……」

　隼人は、お京を抱きかかえたまましばらく動かなかった。

……お京は、折鶴をあの世にいるお満の土産に持っていこうとしたようだ。

隼人は、胸の内でつぶやいた。

4

「さァ、上がってくれ」

隼人は、天野と柴崎を縁側に面した座敷に上げた。

七ツ（午後四時）前だった。ふたりは、市中巡視を早目に切り上げて隼人の家に立ち寄ったのである。

「長月さんにお訊きしたいことがあって、ふたりで寄らせてもらいました」

座敷に膝を折ると、天野がすぐに言った。

「なにかな？」

「一昨日、長月さんは、お奉行と会われたと耳にしたのですが」

「会ったよ」

一昨日、隼人が出仕すると、中山次左衛門が同心詰所に姿を見せ、「お奉行が、お呼びでござる」と言って、隼人を奉行の役宅へ連れていった。そして、役宅のいつもの座敷で、隼人は筒井と話したのである。

「お奉行から、此度の事件のことで話があったのではないですか」

天野が訊いた。

「そうだ」

「どんな話ですか」

天野が身を乗り出すようにして訊いた。

柴崎も、興味深そうな顔をして隼人に目をむけている。

どうやら、天野と柴崎は、奉行から隼人にどんな話があったか訊くために訪ねてきたらしい。

「お奉行は、事件がどうなったか訊かれたのだ」

隼人は筒井と会ったおり、殺し屋のかかわった事件の顛末《てんまつ》をかいつまんで話した。

隼人の話を聞いた筒井は、

「三人の殺し屋は、いずれも死んだのだな」

と、念を押すように訊いた。

「殺し屋だけでなく、元締めも死にました」

隼人は、吉川屋に捕方をむけたときの様子を話した。

「折鶴を使う女の殺し屋がいたと、耳にしていたが、三人の殺し屋のなかのひとりか」

筒井が、興味深そうな顔をして訊いた。すでに、筒井は折鶴を使う殺し屋のことは耳にしていたはずだし、内与力の坂東からも話があったのだろう。

「いかさま」

「折鶴は、何のために使ったのだ」

めずらしく、筒井が膝を乗り出して訊いた。

「目眩ましです。その折鶴に目を奪われる一瞬の隙をついて、相手を仕留めるようです」

隼人は、お京と闘ったことまでは話さなかった。

「その女も死んだのか」

筒井が訊いた。

「自害いたしました」

隼人は、素っ気なく言った。隼人の胸に、お京が折鶴を握って死んだときのことが蘇《よみがえ》って、闘いの様子まで話す気になれなかったのである。

筒井はいっとき口をつぐんで黙考していたが、

「それで、殺しを依頼した者たちは、どうした」

と、声をあらためて訊いた。

「ひとりは首をくくって自害し、もうひとりは捕らえました」

「これで、此度の件は、あらかた始末がついたわけだな」

そう言って、筒井が座り直した。

「まだ、お奉行のお調べと、お裁きが残っております」

隼人が言った。奉行の吟味は白洲《しらす》で行うが、前もって吟味方与力が調べてあるので、手間はとらないだろう。

「分かっておる」

筒井は苦笑いを浮かべてうなずいた。

その後、隼人は捕らえた者たちのことを話してから辞去した。

こうした筒井とのやり取りを、隼人は天野と柴崎にかいつまんで話した。

「お奉行も、此度の件は気にされていたのですね」

天野が言うと、柴崎もうなずいた。

「三人もの殺し屋がかかわった事件《やま》だからな。それに、女の殺し屋までいたのだ」

隼人も、特異な事件だと思った。

「いずれにしろ、これで始末がついたわけだ」

天野がそう言ったとき、廊下を歩く足音がした。

障子があいて、姿を見せたのはおたえだった。おたえは、湯飲みを載せた盆を手にしていた。茶を淹《い》れたらしい。

おたえは座敷に膝を折ると、天野、柴崎、隼人の三人の膝先に湯飲みを置いた。そして、隼人の脇に来て腰を下ろした。三人の話にくわわるつもりらしい。

隼人は苦笑いを浮かべただけで、何も言わなかった。菊太郎も眠っているようだし、おたえも子供の世話から解放されたいときもあるだろう、と隼人は思ったのだ。

「菊太郎どのは、お休みですか」

天野が湯飲みを手にしたまま訊いた。

「眠っています」

「今度、それがしにも、お顔を見せてください」

柴崎が言った。まだ、柴崎は菊太郎を間近で見たことがなかったのである。

「いつでも、いらしてください」

おたえが、口許《くちもと》に笑みを浮かべた。

「子供は、可愛いぞ。……天野も、柴崎も、早く嫁をもらうんだな」

隼人が言った。ふたりとも、まだ独り者だった。

「そうします」

柴崎が言うと、天野もうなずいた。

それから、小半刻（三十分）ほどして、天野と柴崎は腰を上げた。ふたりは、これ以上長居すると、長月家の夕餉の時間になるとみたようだ。

隼人とおたえは、戸口まで天野と柴崎を送り出した。そして、座敷にもどると、

「おたえ、鶴を折れるか」

と、隼人が訊いた。

「折れますけど、折鶴が何か――」

おたえは、座敷に置いたままになっていた湯飲みを盆に載せながら訊いた。戸惑うような顔をしている。ふいに、隼人が折鶴の話などしたからだろう。

「事件にかかわった女だが、子供に折鶴を折ってやったらしいのだ」

隼人は、殺し屋のこともお京の名も出さなかった。

「そうですか」

おたえは、湯飲みの載った盆を手にしたまま座りなおした。

「菊太郎に、折鶴を折ってやったことがあるか」

隼人が訊いた。

「ありますよ。……菊太郎は、その鶴をどうしたと思います」

おたえが、隼人に訊いた。

「どうしたのだ？」

「いきなりつかんで、クシャクシャにして、食べようとしたのですよ」

おたえが笑みを浮かべた。

「なに、食べようとしたと！」

思わず、隼人が訊き返した。

「急いで、取りましたけど……」

「食べなかったのだな」

隼人は、菊太郎のふっくらした短い指が折鶴をつかみ、口に入れようとしている光景を思い浮かべ、

「菊太郎は、男だな」

と言って、苦笑いを浮かべた。

時代小説文庫
と 4-28

折《おり》鶴《づる》舞《ま》う 八丁堀《はっちょうぼり》剣客《けんかく》同心《どうしん》

著者 鳥羽《とば》 亮《りょう》

2014年11月18日第一刷発行

発行者 角川春樹

発行所 株式会社 角川春樹事務所
〒102-0074 東京都千代田区九段南2-1-30 イタリア文化会館

電話 03(3263)5247[編集] 03(3263)5881[営業]

印刷・製本 中央精版印刷株式会社

フォーマット・デザイン&シンボルマーク 芦澤泰偉

ISBN978-4-7584-3859-9 C0193

http://www.kadokawaharuki.co.jp/[営業]
fanmail@kadokawaharuki.co.jp[編集] ご意見・ご感想をお寄せください。